KB142336

우리들 동행길 1

우리들 동행길 1

2024년 7월 8일 초판 1쇄 인쇄 발행

지 은 이 ǀ 엄찬희
펴 낸 이 ǀ 박종래
펴 낸 곳 ǀ 도서출판 명성서림

등록번호 ǀ 301-2014-013
주   소 ǀ 04625 서울시 중구 필동로 6 (2, 3층)
대표전화 ǀ 02)2277-2800
팩   스 ǀ 02)2277-8945
이 메 일 ǀ ms8944@chol.com

값 10,000원
ISBN 979-11-94200-01-7

엄참희 생활글

우리들 동행길 1

도서
출판 **명성서림**

작가의 말

누구에게나 태어난 고향은 마음의 고향 언제나 가슴 따뜻한 정을 느낍니다.

직장을 다니러 고향을 떠나는 사람이 많습니다. 고향에 직장이 있어 떠나지 않고 부모님과 함께 살았습니다. 어머니와 오랜 기간 함께 옆에 있으니 행복했습니다. 고향에서 사는게 큰 복이었습니다.

AI(인공지능) 시대 하루하루가 변해가는 속도가 너무 빠릅니다. 말도 많고 할 일도 많은 게 세상 살이 입니다. 살아 오면서 겪게 되는 많은 일들이 생각 납니다. 스스로 알게 되거나 주변에서 일러주어 깨닫게 되는 경우가 너무 많았습니다. 다양한 인생 경험을 직접 겪어 보거나 또는 책 등을 통한 간접 경험을 통하여 알게 되는 일이 많았습니다. 생활의 도움이 되는 글 들을 항상 관심을 가지고 있었습니다.

살아온 세월 동안 많은 느낌을 받았습니다. 재직 중 사무실에서 돌아다니는 도움이 되는 좋은 글들을 귀 기울여 보았고 다른 사람들과 공유해보면 좋을까 생각했습니다. 지금도 많은 글 들이 떠돌아 다니고 있고 주변에서 많이 접하고 있으리라 생각합니다.

 이제는 바쁜 일상을 떠난지 여러 해가 지나고 그동안 기록해 놓은 것들을 정리하여 봅니다. 작으나마 기록으로 남겨서 옆에 두고 읽으면 좋을 것 같다는 생각을 했습니다. 생활하는 가운데 읽어서 조그마한 힘이나마 도움이 된다면 세상을 맑게 하고 밝게 비추어 용기를 심어 주는데 작은 힘이 되지 않을까 생각합니다.

 부족함이 많은 저를 옆에서 조용히 지지해 주었던 사랑하는 아내와 자녀들에게 고마운 마음을 전합니다. 가화만사성家和萬事成 이라고 했습니다. 가정이 화목해야 모든 일이 잘 이루어지듯이 여러분의 가정에 건강이 깃들고 평안한 마음으로 행복이 함께 하시기를 두손모아 간절히 기원합니다.

 감사합니다.

2024. 7.
엄찬희 올림

작가의 말 04

1부

감사하며 지내자

...

2부

건강하게 살자

...

3부

마음으로 보다

...

4부

정신을 바르게

...

5부

행복으로 이끈다

...

1부
감사하며 지내자

우리는 이 세상에 단 한사람, 최고이다

우리는 이 세상에 태어나서 한 번 살다가는 삶이다. 온 세상을 통하여 많은 사람들 중에서 자신과 똑같은 사람은 없으며 자기만의 독특한 모습과 개성을 가지고 유일무이한 단 한 사람으로서 존재하고 같이 살아간다. 한 번 사는 인생을 보다 더 보람되고 뜻있게 인생의 참다운 뜻을 깨달으며 살아야 하지 않을까

이 세상은 여러 가지가 복합적으로 구성되어 이루어져 있고 각자가 자기의 분야에서 일하며 여러 이웃들과 서로 도우면서 살아가고 있다. 자기 혼자서 모든 걸 다하고 사는데는 많은 어려움이 따르고 현실적으로 할 수도 없다. 자기가 맡은 한가지 분야에서 자기가 맡은 일에 종사하면서 사회가 이루어진다. 각자의 주어진 자리에서 맡은바 직분을 다하는 사람들이 사회를 구성하는 원동력이다.

하나의 자동차가 만들어 지려면 수많은 부품이 상호 조립 되어 완성품을 이루듯이 우리 인간도 각자의 많은 분야에서 서로 유기적으로 협조하여 사회가 형성되고 더 나아가 국가를 이룬다. 각자 개개인이 혼자서 모든걸 다할 수 없으며 다만 자기가 맡은 한가지 분야에 종사하며 살아가는 것이다.

복잡 다양한 세상속에서 살다보면 흔히 우리 주변에서 눈에 보이는 단순히 지위가 높고 낮음만 가지고 사람을 평가하고 지위가 높게 되면 인생에서 성공했다 하고 안되면 실패했다고 말한다. 그런 이유는 남과의 비교에서 원인이 발생한다. 타인과 비교하니까 처량해지고 비참해지고 살맛이 없다고 말한다

그러나 누구나 다 대통령이 되고 또 장관이 될수 없으며 각자가 모두 다 자기가 맡은 분야에서 묵묵히 일하고 있어야 사회가 이루어 진다. 그러므로 높이 되는 것만이 최고가 아니다. 현재 그 자리에서 충실하게 근무하느냐 못하느냐가 관건인 것이다. 사람 개개인은 각자가 존귀한 존재이다. 그 사람이 어떤 마음으로 사느냐가 중요하다.

일을 함에 있어서 사회에 해를 끼치는 도둑질과 같은 일을 해서는 안된다. 사회에 도움이 되는 분야에서 묵묵히 일하는 사람들이 이 시대의 진정한 훌륭한 사람들이리라. 직업은 신이 내려준 성스러운 것이다. 사회에 해를 끼치는 직업이 아닌 사회의 도움이 되는 분야에서 일하고 있다면 그 자체가 보람되고 떳떳한 일이다

환경미화원을 예를 들어보자
한 사람의 경우는 내가 청소하므로서 남에게 깨끗한 환경을 제공 한다는 자부심을 가지고 즐거웁게 일하고 살아가는 사람이 있다.

다른 한 사람은 남과 비교하여 하찮은 직업이라는 생각으로 창피한 마음을 가지고 하고있는 일을 마지못해 하고 있는 사람이 있다

똑같은 일을 해도 어떻게 마음을 가지느냐에 따라 사회를 더욱 밝게 할수도 어둡게할수도 있고 자신의 존재가치를 바르게 인식할수도 있고 그렇지 않을수도 있다

눈에 보이는 외모가 잘생겼든지 못생겼든지 지금 태어난 그대로의 모습으로 본인을 받아 들여라. 남과 비교하여 좌절하지 말자. 이 세상에 나와 똑같은 사람은 없다. 있는 그대로의 현실을 인정하고 눈에 보이지 않는 인생의 깊이를 찾아서 사람답게 살아야 한다.

사람은 세상에 태어날 때 그 존재의 이유가 있다. 자신이 자신을 존중하여야 한다. 그리고 자기가 지금 하고있는 일에 최고 일인자라고 생각하라. 타인과 비교하지 말고 소신 껏 살아라. 이 세상에서 자기가 최고라는 의식과 자부심을 가지고 당당하게 살아가라.

인생은 자기가 자신을 존중하며 맡은바 직분에 최고라는 자부심을 가지고 자신의 일에 충실하며 사는 삶이 되어야 하지 않을까.

몇번을 읽어도 참 좋은글

죽을만큼 사랑했던 사람과
모른체 지나가게 되는 날이오고

한때는 비밀을 공유하던
가까운 친구가
전화 한통 하지않을 만큼
멀어지는 날이 오고

또 한때는 죽이고 싶을만큼
미웠던 사람과 웃으며 볼 수 있듯이

시간이 지나면
이것 또한 아무것도 아니다.

변해 버린 사람을 탓하지 않고
떠나버린 사람을 붙잡지 말고
그냥 그렇게 봄날이 가고 여름이 오듯

내가 의도적으로 멀리하지 않아도
스치고 떠날 사람은
자연히 멀어지게 되고

나를 존중하고 사랑해주고
아껴주지 않는 사람에게

내 시간 내 마음 다쏟고 상처 받으면서
다시 오지않을 꽃같은 시간을
힘들게 보낼 필요는 없다.

비바람 불어 흙탕물을
뒤집어 쓰면서 피는 꽃이 아니더냐.
다음에 내릴비가 씻어준다.

실수들은 누구나 하는거다.

아기가 걸어 다니기까지
3,000번을 넘어지고야
겨우 걷는 법을 배운다.

나도 3,000번을 넘어졌다가
다시 일어난 사람인데
별것도 아닌일에 좌절하나.

이 세상 에서 가장 슬픈 것은
너무 일찍 죽음을
맞이하게 되는것이고

가장 불행한것은
너무 늦게 사랑을 깨우치는 일이다.

내가 아무리 잘났다고 뻐긴다 해도
결국 하늘 아래에 숨쉬는 건
마찬가지인 것을..

높고 높은 하늘에서 보면
다 똑같이 하찮은 생물일 뿐인 것을..

아무리 키가 크다 해도
하찮은 나무보다도 크지 않으며

아무리 달리기를 잘한다 해도
하찮은 동물보다도 느리다.

나보다 못난 사람을
짓밟고 올라서려 하지 말고..

나보다 잘난 사람을
시기하여 질투하지도 말고..

그냥 있는 그대로의 나를 사랑하며
살았으면 좋겠다.

감사의 생활

행복은 감사하는 마음에서 시작된다고 생각합니다. 직장 생활을 함께하고 있는 상사, 동료, 후배, 이웃 모든 분들에게 감사하는 마음을 가져야 합니다. 보여주기 식이 아닌 생활 속 감사를 바탕으로 소통하고 신뢰를 통해 행복을 찾아보면 어떨까요. 개인 형편에 따라 행복의 기준이 다르고, 그 기준이 높으면 감사하며 살아가기가 더 어려워지겠지요. 하지만 아무리 힘든 고난이 찾아와도 감사하는 마음을 가질 수 있다면 절망과 좌절에 빠지지 않을 것 입니다.

감사하는 마음에서 따스함이 피어오르고, 새로운 용기와 열정도 생겨날 것 입니다. 하늘은 스스로 돕는 자를 돕고, 스스로에게 감사하는 사람에게 세상도 도움의 손길을 뻗치게 될 것입니다.

아침에 일어나면 가족들이 함께 있음에 감사하고, 깨어났음에 감사해야 합니다.
출근할 수 있음에 감사하고, 혼자가 아니고 동료가 있음에 감사해야 합니다. 사무실에서 누군가와 대립이 생길 때면 일을 하고 있다는 데 감사하고, 그 사람이 나에게 관심과 열정이 있다는 데 감사해야 합니다.

퇴근길에 누굴 만날 수 있음과 가정으로 갈 수 있음에 감사하고, 우리에게 내일의 목표가 있음에 감사하고, 미래의 설레는 꿈을 꿀 수 있음에 감사해야 합니다. 누군가가 격려를 하고 있다는 믿음에 감사하고, 부모형제 가족들이 나에게 적잖은 기대와 바람도 감사해야 합니다.

항상 감사하는 마음으로 살기란 쉽지 않습니다. 힘든 일이 지속되면 더욱 힘들겠지요. 그러나 찾아보면 분명 감사드릴 만한 일들은 많습니다. 행복의 기준을 부와 명예에서 벗어나 자기가 목표한 작은 꿈을 이루는 것으로 한다면 감사한 마음은 더욱 커져만 가리라 생각합니다.

웃음과 감사는 뇌를 건강하게 하는 수레의 두 바퀴입니다. 감사는 긴장을 풀고 행복감을 느끼게 하며 뇌에서 긍정적인 생각과 호르몬이 분비되도록 돕는다고 합니다. 오늘도 활짝 웃으며 감사하는 마음으로 살아간다면 행복한 세상을 만들어 가지 않을까 합니다. 우리 모두가 감사함을 서로 나누고 실천해 나가면 어떠한 어려움도 극복해 나갈 수 있다고 생각합니다. 우리가 혹시 평소에 감사에 인색한 것은 아닌지 한 번씩 돌아보는 기회가 있으면 합니다.

감사하는 마음으로 소통을 시작해 봅시다. 언제부터 우리 모두 칭찬에 궁색해 지고 있습니다. 한 번 주변 사람에게 지금이라도 칭찬을 시작해 봅시다. 상대방이 어떻게 나오는지? 예상하건데 웃음과 칭찬으로 돌아오리라 믿습니다. 한 번, 두 번, 만날 때마다 감언이설이 아닌 진정한 마음을 열고 칭찬을 한다면 그게 진정한 소통이라 생각합니다. 그렇게 대인관계가 지속되면 언제부터인가 서로에게 신뢰가 쌓여 감사하는 마음이 자연스럽게 행복이 되리라 생각합니다.

무조건 대화만 한다고 해서 소통은 아닙니다. 그 내용과 형식에 진심이 있어야 합니다. 대화의 횟수나 시간이 아니라 얼마나 진실한 마음을 전달하느냐가 중요합니다. 소통이 어려운 것은 본심을 드러내지 않고 자꾸 가리려 하기 때문 입니다. 대화를 할 때도 진심 어린 눈으로 바라보며 상대의 입장을 배려해서 의사를 전달하게 되면 소통의 문은 저절로 열리게 돼 있습니다.

소통은 행복이자, 자연스러운 생명활동인 것입니다. 소통이 원활하려면 '나의 언어'를 '그들의 언어'로 해야 합니다. 내가 즐겨 쓰는 언어를 과감하게 버리고 '그들의 표현'즉, 상대방의 언어로 표현해야 그들과 통通할 수 있습니다. 내가 느끼는 '나'와 상대방이 느끼는 '나'는 분명히 차이가 있습니다. 나에게 익숙한 방법이 아닌 상대방이 이해 할 수 있는 방법으로 하는 것이 소통의 첫 걸음입니다.

소통은 분명 나부터 시작하고 나를 먼저 바꾸어 실천하다 보면 상호간에 존중하게 되고 자연스럽게 신뢰가 쌓여 행복이 함께 할 것입니다. 만나는 모든 이에게 마음을 열고 진정한 마음으로 내 모습을 보여줘 보세요. 그럼, 주변 사람들에 감사하는 마음으로 살아가게 될 것으로 믿습니다.

45가지의 교훈

※ 일주일에 한번씩 끝까지 읽어보도록 하십시오 (90세 노인이 살아온 경험 기록)

1. 인생은 공평하지 않습니다. 하지만 그렇다 하더라도 여전히 인생은 좋습니다.
2. 의심이 들 때는 그저 약간만 앞으로 전진하십시오
3. 인생은 매우 짧습니다. 인생을 즐기십시오
4. 당신이 아플 때 당신의 직업은 당신을 지켜주지 않습니다. 오직 당신의 친구와 가족만이 당신 곁을 지켜줄 것입니다.
5. 카드빚은 매달마다 정산하십시오
6. 당신이 모든 논쟁에서 반드시 이겨야 하는 것은 아닙니다. 그저 당신 스스로 진실되게 살 수 있도록 노력하십시오
7. 누군가와 함께 우십시오. 혼자 우는 것보다 훨씬 더 당신을 치유해줄 것입니다.
8. 신에게 화를 내도 괜찮습니다. 신은 그것을 받아줄 수 있습니다.
9. 첫 월급을 탈 때부터 은퇴할 때를 대비하여 저축을 시작하십시오

10. 굳이 초콜릿을 먹지 않으려고 애쓰는 것은 참 쓸모없는 짓입니다.

11. 당신의 과거와 화해하십시오. 그러면 당신의 과거가 현재를 망가뜨리지 않습니다.

12. 당신의 자녀들이 당신이 우는 모습을 볼 수 있도록 해도 괜찮습니다.

13. 당신의 삶을 다른 사람들의 삶과 비교하지 마십시오. 당신은 다른 사람들의 삶이 실제로 어떠한지 결코 알 수 없습니다.

14. 만일 어떤 인간관계가 비밀에 부쳐져야 한다면, 그런 인간관계를 맺지 않는 편이 좋습니다.

15. 모든 것은 눈깜짝할 사이에 변할 수 있습니다. 하지만 걱정하지 마십시오. 신은 결코 눈을 깜빡거리지 않습니다.

16. 숨을 깊이 들이쉽시오. 그럼 당신의 마음에 평화가 찾아옵니다.

17. 쓸모없는 것들을 제거하십시오. 잡동사니들은 여러 가지 방식으로 당신을 무겁게 짓누릅니다.

18. 어떤 고통이든지간에 그것이 실제로 당신을 죽이지 못한다면 항상 당신을 강하게 만들어 줄 것입니다.

19. 행복해지는 것은 언제라도 결코 늦지 않습니다. 하지만 그것은 오직 당신 자신만이 할 수 있는 일입니다.

20. 당신이 인생에서 정말 사랑하는 것은 추구하는 부분에 있어서는, 절대로 안된다는 대답을 받아들여서는 안됩니다.

21. 촛불을 켜십시오. 좋은 침대시트를 쓰십시오. 근사한 속옷을 입으십시오. 그런 것들을 특별한 날을 위해 아껴두지 마십시오. 오늘이 바로 가장 특별한 날입니다.

22. 준비는 항상 필요한 것보다 더 많이 하고 실전에서는 흐름에 따르십시오.

23. 괴짜가 되십시오. 자주색 옷을 입기 위해서 나이가 먹을 때까지 기다리지 마십시오.

24. 섹스를 위해서 가장 중요한 신체 기관은 뇌입니다.

25. 당신 외에는 아무도 당신의 행복을 책임지지 않습니다

26. 소위 재앙이라고 말하는 모든 일들을 다음 질문의 틀 속에서 판단하십시오. '5년 후에도 이 일이 정말로 내게 중요할까?'

27. 항상 삶을 선택하십시오

28. 용서하십시오

29. 다른 사람들의 당신에 대해 어떻게 생각하는지는 당신이 신경쓸 일이 아닙니다.

30. 시간은 모든 것을 치유합니다. 시간에게 시간을 주십시오

31. 상황이 좋건 나쁘건, 상황은 반드시 변하게 됩니다.

32. 당신 스스로를 너무 심각하게 받아들이지 마십시오. 당신 자신말고 다른 누구도 그렇게하지 않습니다.

33. 기적을 믿으십시오

34. 신은 그저 신이기 때문에 당신을 사랑합니다. 당신이 하거나 하지 않는 것들 때문에 당신을 사랑하는 것은 아닙니다.

35. 인생을 청강하지 마십시오. 지금 당당히 앞으로 나의 인생을 최대한 활용하십시오

36. 성장해가는 노인이 죽어가는 젊음이 보다 낫습니다.

37. 당신 자녀에게 있어서 어린 시절은 인생에서 오직 한 번 뿐입니다.

38. 결국 마지막에 정말로 중요한 것은 당신이 사랑했다는 것입니다.

39. 매일 밖으로 나가십시오. 기적이 모든 곳에서 당신을 기다리고 있습니다.

40. 만일 우리가 우리 자신의 문제들을 쌓아 올린 후에 다른 모든 사람들의 문제들을 보게 된다면, 우리 자신의 문제는 나중에 처리하게 될 것입니다.

41. 질투는 시간낭비입니다. 당신이 필요한 것이 아니라 당신이 이미 가지고 있는 것들을 받아들이십시오

42. 가장 좋은 순간은 아직 오지 않습니다.

43. 당신의 기분이 어떻든 간에, 아침에 일어나 옷을 잘 차려입고 당당하게 나오십시오

44. 양보 하십시오

45. 인생에 나비넥타이가 묶여있지 않더라도, 인생은 여전히 선물입니다.

[출처 : 레지나 브렛, 90세, 미국 오하이오주 클리블랜드 플레인 딜러 거주]

가슴에 새겨야 할 名言

거울은 앞에 두어야 하고,
등받이는 뒤에 두어야 한다.
잘못은 앞에서 말해야 하고,
칭찬은 뒤에서 말해야 한다.

주먹을 앞세우면 친구가 사라지고,
미소를 앞세우면 원수가 사라진다.
미움을 앞세우면 상대편의 장점이 사라지고,
사랑을 앞세우면 상대편의 단점이 사라진다.

우산 잃은 사람보다 더 측은한 사람은 지갑 잃은 사람이다.
지갑 잃은 사람보다 더 측은한 사람은 사랑 잃은 사람이다.
더 측은한 사람은 신뢰를 잃은 사람이다.

이 세상에 행복보다 더 좋은 것이 있다.
그것은 만족이다.
큰 행복이라도 만족이 없으면 불행이고,
아주 작은 행복도 만족이 있으면 큰 행복이다.

사랑이 있다 지나간 자리에는 아름다운 추억이 남고,
욕심이 설치다 간 자리에는 안타까운 후회가 남는다

명약 중의 명약

어느 보고에 의하면
우리의 뼈는 눈 깜짝하는 사이에
120만 개의 적혈구를 만든다고 합니다.
또 동시에 120만 개의 적혈구가
120일의 수명을 다하고 죽는다고 합니다.

지금 이 순간에도 우리의 늑골, 두개골,
척추에 있는 골수는
피를 계속 만들어 내고 있습니다.

이 뼈는 일평생 500kg 이상의 피를 만들어내는데,
바로 이 피를 만드는 중요한 뼈에
특효약이 있습니다.

그것은 우리가 늘상 하는 말 중에서도
바로 선한 말.
이 선한 말은 부작용도 없는 보약입니다.

선한 말은 인류가 지금까지 사용한 약 중
가장 효과 있는 명약중의 명약입니다.

감사하는 마음은 우리를 행복하게 합니다

너는 너,
나는 나라고
생각하는 사람은 불행한 사람입니다.

너는 나, 나는 너,
너와 나는 우리라고
생각하는 사람은 행복한 사람입니다.

상대에게 겉으로만
위하여를 외치고 정작 상대방을
위할 줄 모르는 사람은 불행한 사람입니다.

그러나 항상
남을 위하는 마음으로
살아가는 사람은 행복한 사람입니다.

남이 자신을
이해해 주지 않는다고
불평하는 사람은 불행한 사람입니다.

그러나
남의 마음까지 헤아려 말과 행동을
조심스럽게 하는 사람은 행복한 사람입니다.

모든 것을
당연하게 여기는 사람은 불행한 사람입니다.

그러나
작은 것에도 감사하는
마음을 지닌 사람은 행복한 사람입니다.

남을 위한 삶을 살았을 뿐

슈탄스라는 스위스 도시의 어느 거리를 걷던 한 노인이 주변을 두리번거리다 허리를 굽혀 땅에서 무언가를 주워 주머니에 담았다.

마침 그 길을 순찰하던 경관이 노인의 행동을 수상쩍게 여겨 그를 잡아 세우고 주머니에 넣은 것이 무어냐고 다그쳤다.

별 것 아니라며 난처해 하던 노인은 경관이 강제로 주머니를 뒤지려하자 할 수 없이 주머니 속에 든 것을 꺼냈다.

그것은 바로 유리조각들이었다. 뭔가 귀한 물건일 것이라고 생각하던 경관은 의아한 표정을 지었다.

노인은 주위에서 놀고 있는 아이들을 가리켰다. 아이들의 상당수는 맨발이었다.

경관은 노인에게 경의를 표하고 자신의 무려를 사과했다.

그 노인이 바로 페스탈로치였다.

"모든 일을 남을 위해 일했을뿐, 그 자신을 위해서는 아무 것도 하지않았다"는 그의 묘비명의 뜻을 알 것 같다.

[출처 : 페스탈로치]

메모의 습관

전 어릴 적부터 뭔가를 계속 끄적거리는
습관이 있었습니다.

주위에선 다들 '산만하다, 그것도 병이다' 라고 하며
그런 습관은 빨리 고쳐야 한다고들 했죠.
하지만 끄적임에 있어 저에게 중요사항과
불필요한 사항은 따로 존재하지 않습니다.

생각나면 나는 데로,
기억하고 싶으면 하고 싶은 데로,
그저 끄적이면 됩니다.

남들에겐 단점으로만 생각되던
소소한 습관이 지금은 큰 에너지가
되고 있습니다.

새로운 아이디어를 찾을 때나,
지난 기억의 조각들이 필요할 때마다,
하찮게 생각되던 그 짧은 끄적거림이
200%의 나를 찾아가게 합니다.

끄적임을 보면 그때의 내가 떠오릅니다.

생각지도 못한 많은 상상력을 발휘하게 합니다.

밥

천천히 씹어서 공손히 먹어라
봄에서 한 여름, 가을까지
그 여러 날
비바람 땡볕에서 있어온
쌀 아닌가
그렇게 허겁지겁
삼켜 버리면
어느틈에
고마운 마음이 들겠느냐
사람이
고마움을 모르면
그게 사람이 아닌거여 - - - - -

배려하는 사람

궁핍의 고통을
앓아본 적이 있는가

살을 에는 처절한
삭풍을 통과 해본 적이 있는가

타고난 배려도 귀하지만
체험 후에 배려는 진하기만 하다

정말 그만 살고픈 시간을 통과한 자들의
힘줄 배려! 한 가슴 벅차게 한다

내일의 보장 없는 연명치료가
의미가 없듯이

배려가 없이 사는 삶
살아야 할 가치가 없다

배려는 살판을 띄우는 잔치
배려는 살맛을 내는 진한 향수!

빈손으로 돌아갈 인생

갓 태어난 인간은 손을 꽉 부르쥐고 있지만
죽을 때는 펴고 있습니다.

태어나는 인간은 이 세상의 모든 것을
움켜잡으려 하기 때문이고
죽을 때는 모든 것을 버리고 아무 것도
지니지 않은 채 떠난다는 의미라고 합니다.

빈손으로 태어나 빈손으로 돌아가는 우리 인생
어차피 다 버리고 떠날 삶이라면
베푸는 삶이 되면 얼마나 좋겠습니까.

당신이 태어났을 때 당신 혼자만이 울고 있었고
당신 주위의 모든 사람들은 미소짓고 있었습니다.

당신이 이 세상을 떠날 때는 당신 혼자만이 미소짓고
당신 주위의 모든 사람들은 울도록 그런 인생을 사세요.

빛나는 보석

흐릿한 원석과 빛나는 보석의 차이
그것은 여러 번 깎이고 정성스럽게
다듬어진 차이입니다.

우리 인생도 그렇습니다.
단련되는 순간은 힘들지 모르지만
빛나는 보석이 된 훗날 자신의 모습.
그것은 노력 없이는 이룰 수 없는 것입니다.

나에게 주어진 오늘 하루의 시간,
보석이 되는 발판으로 삼아 보시길 바랍니다

삶의 지침이 되는 글

(다시 한번 마음속에서 다짐해야할 내용)

생각思을 조심하라
왜냐하면 그것은 말이 되기 때문이다.
말言을 조심하라
왜냐하면 그것은 행동이 되기 때문이다.
행동動을 조심하라
왜냐하면 그것은 습관이 되기 때문이다.
습관習慣을 조심하라
왜냐하면 그것은 인격이 되기 때문이다.
'마하트마 간디'의 말입니다.

생각이 바꾸면 태도가 바뀌고
태도가 바뀌면 행동이 바뀌고
행동이 바뀌면 인격이 바뀌고
인격이 바뀌면 운명이 바뀐다.

생각은 인생의 소금이다
음식을 먹기 전에 간을 보듯
말과 행동을 하기 전에 먼저 생각하라

깊은 강물은 돌을 집어 던져도 흐려지지 않는다
모욕을 받고 발칵하는 사람은 적은 웅덩이에 불과 합니다.
생각하고 행동하는 값진 사람이 되어야 합니다.

삶의 지혜가 묻어나는 글

사람들은
그때...라고 지나버린 후회스런 말을 자주 한다

그때 참았더라면, 그때 잘했더라면,
그때 알았더라면, 그때 조심했더라면,
훗날에 지금이 바로 그때가 될텐데
지금은 아무렇게나 보내면서,
어리석게도 오늘도 자꾸 그때만을 찾고 있다.

게으른 사람에겐 돈이 따르지 않고,
변명하는 사람에겐 발전이 따르지 않는다.
거짓말하는 사람에겐 희망이 따르지 않고,
간사한 사람에겐 친구가 따르지 않는다.
자기만 생각하는 사람에겐 사랑이 따르지 않고,
비교하는 사람에겐 만족이 따르지 않는 법이다.

빈 깡통은 흔들어도 소리가 나지않고,
속이 가득차도 소리가 나지 않는다.
소리가 나는 깡통은 속에 무엇이 조금 들어 있을 때다.
사람도 아무것도 모르는 사람이나,
많이 아는 사람은 아무 말을 하지 않지만,
무엇을 조금 아는 사람이 항상 시끄럽게 말을 많이 한다.

세상을 아름답게 살려면 꽃처럼 살면되고,
세상을 편안하게 살려면 바람처럼 살아라.
꽃이란 자신을 자랑하지도 남을 미워하지도 않으며,
바람은 어떤 그물에도 걸리지 않고
험한 산도 아무 생각없이 쉽게 오른다.

고민이란 놈은 가만히 보면 파리를 닮았다.
게으른 사람 콧등에는 올라 앉아도,
부지런한 사람 옆에는 얼씬도 못한다.
파리채를 들고 한놈을 때려 잡으니,
게으른 사람 콧등에는 또 다른 놈이 날아오네.

고집이란 놈은 제 멋대로 하려고 하는
버릇없는 놈이고 힘이 무척 센놈이다.
그놈을 내가 데리고 사는 것이 아니고
저 놈이 날 붙들고 놓아주지 않는다.

무지개는 잡을 수 없기에 더 신비롭고,
꽃은 피었다 시들기에 더 아름다운 것이다.
젊음은 붙들 수 없기에 더 소중하고,
우정은 깨지기 쉬운 것이기에 더 귀한 것이다.

내 손에 손톱 자라는 것은 보면서,
내마음에 욕심 자라는 것은 보지 못하고,
내 머리에 머리카락 엉킨 것은 보면서,

내 머리속 생각 비뚤어진 것은 보지 못한다.

모든 걸 베푸고만 사는 나무같은
친구하나 있었으면 좋겠다.
아니, 내가 먼저 누군가의 나무가 되었으면 좋겠다.

잘 자라지 않는 나무는 뿌리가 약하기 때문이다.
잘 날지 못하는 새는 날개가 약하기 때문이다.
행동이 거친 사람은 마음이 비뚤어졌기 때문이고,
불평이 많은 사람은 마음이 좁기 때문이다.

하나에 하나를 더하면 둘이 된다는 건 누구나
다 알아도, 좋는 생각에 좋은 생각을 더하면 복이
된다는 걸 몇 사람이나 알까?
둘에서 하나를 빼면 하나가 된다는 건 누구나
다 알아도, 사랑에서 희생을 빼면 이기利己가
된다는 걸 몇 사람이 알까?

세월이 더하기를 할수록 삶은 자꾸 빼기를 하고,
욕심이 더하기를 할 수록 행복은 자꾸 빼기를 한다.
똑똑한 사람은 더하기만 잘하는 것이 아니라
빼기도 잘하는 사람이고,
훌륭한 사람은 벌기만 잘하는 사람이 아니고
나누어 주기도 잘하는 사람이다.

삶이 힘들 때 이렇게 해 보세요

♣ 삶이 힘 겨울때...

새벽시장에 한번 가 보십시요

밤이 낮 인 듯 치열하게 살아가는 상인들을 보면 힘이 절로 생깁니다.
그래도 힘이 나질 않을땐 뜨끈한 우동 한 그릇 드셔 보십시요
국물맛 죽입니다...

♣ 자신이 한없이 초라하고 작게 느껴질때...

산에 한번 올라가 보십시요.

산 정상에서 내려다본 세상..백만장자 부럽지 않습니다.
아무리 큰 빌딩도 내발 아래 있지 않습니까?
그리고 큰소리로 외쳐 보십시요. 난 큰손이 될 것이다...
이상하게 쳐다보는 사람 분명 있을 것입니다.
그럴 땐 실실 웃어 보십시요

♣ 죽고 싶을때...

병원에 한번 가 보십시요.

죽으려 했던 내 자신... 고개를 숙이게 됩니다.
난 버리려 했던 목숨, 그들은 처절하게 지키려 애쓰고 있
습니다.
흔히들 파리 목숨이라고들 하지만
쇠심줄보다 질 긴게 사람목숨입니다...

♣ 내인생이 갑갑할때...

버스여행 한번 떠나 보십시요..

몇 백 원으로 떠난 여행...(요즘은 얼만가?)
무수히 많은 사람을 만날 수 있고,
무수히 많은 풍경을 볼수 있고, 많은 것 들을 보면서
활짝 펼쳐질 내 인생을 그려 보십시요.

비록 지금은 한 치 앞도 보이지 않아 갑갑하여도.
분명 앞으로 펼쳐질 내 인생은 탄탄대로 아스팔트일 것
입니다...

♣ 진정한 행복을 느끼고 싶을땐...

따뜻한 아랫목에 배 깔고 엎드려
잼 난 만화책을 보며 김치부침개를 드셔 보십시요.
세상을 다가진 듯 행복할 것입니다.

파랑새가 가까이에서 노래를 불러도.
그새가 파랑새인지 까마귀인지 모르면 아무소용 없습
니다.
분명 행복은 멀리 있지 않습니다...

♣ 사랑하는 사람이 속 썩일때...

이렇게 말해 보십시요
그래 내가 전생에 너한테 빚을 많이 졌나 보다.
맘껏 나에게 풀어... 그리고 지금부턴 좋은 연만 쌓아가자.
그래야 담 생애도 좋은 연인으로 다시 만나지...
남자든 여자는 빽 넘어갈 것입니다...

♣ 하루를 마감할때...

밤하늘을 올려다 보십시요.

그리고 하루 동안의 일을 하나씩 떠올려 보십시요.
아침에 지각해서 허둥거렸던일,

간신히 앉은자리 어쩔 수 없이 양보하면서 살짝 했던 욕들,
하는 일마다 꼬여 눈물 쏟을 뻔한 일...
넓은 밤하늘에 다 날려버리고 활기찬 내일을 준비 하십시요..
아참...운 좋으면 별똥별을 보며 소원도 빌 수 있습니다...

♣ 문득 자신의 나이가 넘 많다고 느껴질때..

100부터 거꾸로 세어 보십시요...
지금 당신의 나이는 결코 많지 않습니다...

날 마 다 좋 은 날 ...행복하세요...

신의 선물... 사랑

인간이 인간답게 사는 것은 어떤 것일까?
사랑하며 사는 것이다.

신의 선물 중에 가장 위대한 것은 사랑이다.

남녀가 사랑하고 부모자식이 사랑하고
형제자매가 사랑하고 친구끼리 사랑하며 동포를 사랑하고
자연을 사랑하며 진리를 사랑하는 것이다.
- - - - - - - -

[안병욱(철학박사)]

어머니!

천만번 불러도 자꾸만 부르고 싶은
나의 어머니... 간절이 보고 또 보고 싶습니다.

*한 청년의 마지막 회사 입사 전형으로
"어머니의 발 씻겨 드리기" 라는
테스트를 거쳐야 했습니다.

집에 와서 어머니에게
발을 씻겨 드리겠다고 하니
어머니는 한사코 거절하시고
발을 내밀지 않았습니다.

그래서 사실대로 취직하기 위해서
어머니의 발을 씻겨 드려야 된다고 말했습니다.
취직한다는 말을 들은 어머니는
얼른 발을 내밀었습니다.

그런데 발을 씻으려고
발을 잡는 순간 말문이 막혔습니다.
어머니의 발바닥은 시멘트처럼 딱딱하게
굳어 있었습니다.

도저히 사람의 발 같지 않았습니다.
이 작은 발로 그 많은 세월을 다니시며
자신을 기르신 어머니의 모습이 떠올라
울컥하는 울음을 참느라 이를 악 물었습니다.

울음을 삼키고 삼켰지만
들썩이는 어깨를 누를 수는 없었습니다.

겨우 다 씻긴 후 수건으로 제대로 닦지도 못하고
어머니의 발을 쓸어안고 목 놓아 울었습니다.*

오늘따라 돌아가신 어머니께서 늘상하신
말씀이 귀에 쟁쟁합니다.

"태일아! 어디를 가도
사람들에게 피해주지 말거래이~"

여보

세상의 그 어느 누구에게도 부를 수 없고
오직 한사람에게만 부를 수 있는 여보!

어려움도 함께 해야 하고,
슬픔도 함께 해야 하고,
고통도 함께 해야 하고,
기쁨도 함께 해야 하고,
행복도 함께 해야 하고,
심지어 죽음까지도 가장 가까이서 지켜봐야하는
세상에서 단 한사람 여보!

오늘은 작심을 하고 여보라 한번 불러 보시라!
당신을 향해 외칩니다.

"여보! 사랑해요!"

힘이 되는 사람

설거지거리가 보일 때
먼저 후다닥 해치우는 사람

과자 먹고 난 봉지 손에 움켜쥐고
먼저 쓰레기통 찾는 사람

외출할 때 한 템포 빨리 나가
신발 정리하고 신을 것 챙겨 주는 사람

강사 앞자리에 앉아
강의를 경청하는 사람

말을 할 때마다
부드러운 단어를 많이 사용하는 사람

길에서 몸 불편한 사람을 보고
짐 들어주는 사람

저 멀리에서부터 손 흔들며
먼저 아는 척하며 달려오는 사람

자신을 들여다 보는 삶

"다른 사람이 하는 것을 유심히 보라"는 말이 있습니다
상대방이 자신의 거울임은
두말할 나위가 없는 까닭입니다.

좋은 것은 좋은 대로 받아들이고
나쁜 것은 그것이 왜
나쁜 것인가를 알게 되는 것으로
자신에게 유익함을 주게 됩니다.

먼지가 없는 깨끗한 거울은
자신의 모습을 환하게 보여주지만
먼지가 가득 낀 거울은
자신의 모습을 희뿌옇게
보여주는 이치와 같습니다.

그러므로 자신 또한 상대방의
거울인 까닭에 경거망동을 삼가고
바른 몸과 마음을 지녀야 하겠습니다.

자신을 살피고 돌아볼 줄 아는
사람은 그렇지 않은 사람에 비해
보다 더 아름답고 평안한 생활을
영위해 나갈 수 있습니다.

왜냐하면 자신을 살피고
들여다보는 것으로 해서
자신의 옳고 그름을 알 수 있기 때문입니다.

그래서 잘못된 것이 있으면
고쳐서 바로 잡아야 하고
어긋난 것이 있으면 제 위치로
돌려놓을 수 있게 되는 것입니다
그래야만 반듯한 사람이 될 수 있는 것입니다.

다른 사람에게 필요한 사람
이렇듯 다른 사람에게
필요한 사람이 된다는 것은 즐거운 일입니다.

좋은 대화를 하기 위한 비법 10가지

1. 한꺼번에 여러 일을 하지 말 것.
   (대화하는 순간에 집중하라)

2. 설교하지 마세요.
   '진정한 경청은 자신을 내려놓는 것'
   '당신이 만날 모든 이는 당신이 모르는 뭔가를 알고
   있다'

3. 자유롭게 대답할 수 있는 질문을 하세요.
   (단답형으로 대답할 질문을 하지마라)

4. 대화의 흐름을 따르세요.
   (갑자기 떠오른 생각을 말하지 말고
   상대방 대화를 듣고 흐름에 맞게 대답하라)

5. 모르면 모른다고 하세요.

6. 여러분의 경험을 다른 이의 경험과 동일시하지 마세요.
   (어떤 일에도 나의 경험을 빗대어 말하지 마라,
   상대와 나의 경험은 엄연히 다르다)

7. 했던 말 또 하지 마세요

   (잘난체 하는 것, 같고 지루해요)

8. 세부적인 정보에 집착하지 마세요

   (내가 어떤사람인지 같은 공통점이 무엇인지에만 신경
   쓰세요)

9. 들으세요.

10. 짧게 말하세요

   (좋은 대화는 미니스커트이다
   흥미를 유지할만큼 짧고, 주제를 다룰만큼 길다)

행복을 위해

행복으로 가는 길은 많고
또 얻을 수 있는 방법도 다양하다

가벼운 발걸음으로 인생길 가려면
그 동안의 힘든 짐은 이제 내려놓자

지난 고통을 잊고 내일을 설레이자
일하고 싶어 설레이는 마음...

열정이 끓는다면
당신은 이미 행복이다

더 큰 행복은
결점을 받아들이는 연습

사랑을 하면 사랑이 오고
오해를 하면 오해만 온다

할 일 많은 세상
가득 나누어야 할 영혼들

힘든 세상을 탓하는
비굴한 핑계를 대지 말라

이제 욕심을 버리고
마음 가득 소망으로 행복을 소유하라

인생의 살맛나는 행복을 위해
함박으로 웃자

2부

건강하게 살자

보약보다 좋은 건강 비법 11가지

한약보다 쉽고 저렴하게 우리 몸을 건강하게 하는 비법
들이 있어 소개해드립니다.

꼭 확인하시고 주위 지인들께 공유해주시길 바랍니다.

1. 머리를 두들겨라!

손가락 끝으로 약간 아플 정도로 머리 이곳 저곳을 두
들기는 겁니다.

두피가 자극되어 머리도 맑아지고 기억력이 좋아집니다.

빠지던 머리카락이 새로 생겨나고 스폰지 머리(두피가
떠 있는 상태)가 치유됩니다.

머리카락에 산소와 영양분이 원활히 공급되므로 윤기
가 흐르며 아름답게 됩니다.

2. 눈알을 사방으로 자주 움직여라!

눈알을 좌우로 20번, 상하로 20번 대각선으로 20번,
시계방향으로 회전하여 20번, 시계 반대방향으로 20번,
손을 부벼서 눈동자를 지그시 눌렀다가 번쩍 뜨기를 20
번 등을 하면 시력이 좋아지고 실제로 안경이 필요 없게
되는 경우도 있습니다.

3. 콧구멍을 벌려 심호흡하라!

특별히 맑은 공기를 심호흡하는 습관을 가져야 합니다. 유명한 정신과 의사인 알렉산드 로렌박사가 조사해보니 정신 질환자의 대부분이 가슴호흡만 하고 심호흡을 하지 않더라는 겁니다

폐세포는 폐록시즘이란 해독기관이 잘 발달되어 있어서 각종 유해물질을 잘 처리합니다.

그러므로 심호흡을 하면 각종 유해 물질을 배출하여 건강에 도움이 될 뿐 아니라, 머리가 맑아지고 기억력이 좋아집니다. 노인들은 치매를 예방할 수 있습니다.

4. 혀를 자꾸 입안에서 굴리라!

혀를 가지고 입천장도 핥고, 입 밖으로 뺏다 넣었다 하면서 뱅뱅 돌리고 혀 운동을 하는 겁니다.

침은 회춘 비타민입니다. 침은 옥수玉水라 했습니다 .

평소 식사 때도 충분히 꼭꼭 씹어 먹으면 충분한 침이 들어가 소화가 잘 되어 건강에 좋습니다.

그러나 가래 같은 탁한 것은 버려야 합니다.

5. 잇몸을 맛사지하라!

손가락 6개로 잇몸을 눌러서 비비며 맛사지 합니다.

그리고 치아를 딱딱딱 위아래를 부딪혀 주는 것이 치아를 건강하게 만드는 방법입니다.

치아를 단련시키는 이 방법을 '고치법'이라고 합니다.

6. 귀를 당기고 부비고 때리라!

귀를 잡고 당기고 비틀고 부비고 때리는 것이 건강에 좋습니다.

이렇게 하면 식욕을 억제하여 비만을 예방하거나 치료해 줍니다.

그리고 깊은 수면을 취하도록 도움을 줍니다.

이것은 신장, 비뇨, 생식기 계통의 기능이 활성화되도록 돕습니다.

7. 얼굴을 자주 두드려라!

손바닥으로 좀 아플 정도로 얼굴을 자주 두드리면 혈관 계통이 활성화되어 혈압, 동맥경화 등의 치료를 돕게 되며, 혈색이 좋아져 아름다운 얼굴이 됩니다.

허리가 자주 아파서 못견디는 분들은 코 바로 밑의 인중(홈이 파진 곳)을 두 손가락으로 지그시 누르고 또 자주 문지르면 효과가 있습니다.

8. 어깨와 등을 맛사지하라!

어깨와 등은 스스로 하기 어려우니 가족이나 친구끼리 서로 해 주는 것이 좋습니다. 머리 뒤쪽과 어깨는 스스로 지그시 누르고 엄지와 다른 손가락으로 움켜잡으며 지그시 누르는지압을 하면 피로가 풀리며 중풍을 예방하고 우리 몸의 각 장기들을 강화시켜 줍니다.

9. 배와 팔 다리를 두들겨라!

배와 팔 다리를 약간 아플 정도로 자주 두들기면 건강에 아주 좋다는 것을 느낄 수 있습니다.

소화가 잘 되며 피곤이 풀리고 새로운 활력을 느낄 수 있습니다.

양 무릎을 두손으로 두들기면 관절에 아주 좋습니다.

10. 손바닥을 부딪쳐 박수를 쳐라!

소리가 나는 것이 싫으면 한쪽 손은 주먹을 쥐고 손바닥을 교대로 치면 됩니다.

손바닥을 힘 있게 치면 한 번 칠 때마다 약 4천개의 건강한 세포들이 생겨납니다.

11. 발을 자극하라!

발바닥을 주먹으로 치고 발가락을 전후좌우로 돌리며 비틀고, 발까락 사이를 지그시 약간 아플 정도로 눌러 맛사지를 하며 발목을 돌려 운동하는 것은 심신의 피로를 풀고 활력을 주는 데 좋습니다.

발바닥을 엄지손가락으로 지그시 이곳 저곳을 눌러주면 숙면을 취하게 됩니다.

9988234

99세까지 팔팔하게 살아서 이삼사일 아프다 간다

○ 화내지 마세요. 흥분할 때마다 수십만개의 뇌세포가 파괴됩니다.

○ 좋은 물을 많이 마시세요. 몸도 마음도 머리도 맑아 집니다.

○ 성격을 개조하세요 낙천적인 사람은 치매에 걸리지 않습니다.

○ 뇌에 영향을 주는 식품을 섭취하세요
  (호도, 잣, 토마토, 녹차가 좋습니다.)

○ 두부, 청국장 등, 콩류를 많이 섭취하세요. 콩은 뇌영향 물질 덩어리입니다.

○ 계란은 완전식품입니다. 콜레스테롤따위 신경쓰지 말고 많이 드세요.

○ 식탁에 멸치그릇을 놓아두고 수시로 드세요 멸치는 보약입니다

○ 치아가 손상되면 바로 고치세요. 이가 없으면 치매도 빨리 옵니다

○ 호두를 굴리세요. 호두를 주머니에 넣고 다니며 굴리기를 하세요

○ 손으로 많이 쓰세요 화가에게는 치매가 없습니다.

○ 일단 지휘자는 모두 장수합니다 손을 많이 쓰세요

○ 가운데 손가락을 마찰하세요. 뇌가 즉각 반응합니다.

○ 손을 뜨거울때까지 비비세요. 그 손으로 마찰하시면 좋아요

○ 뜨겁게 사랑하세요 사랑이 뜨거우면 치매는 도망친답니다.

○ 남을 미워하지 마세요. 미움은 피에 독성물질을 만들어 냅니다

○ 잔소리 하지 마세요. 하는 이나 듣는 이나 다같이 기가 소진 됩니다.

○ 짜증은 체질을 산성으로 만듭니다. 산성체질은 종합병원입니다.

○ 머리는 차게 발은 따뜻하게 그러면 의사가 필요 없습니다.

○ 책이나 글을 많이 읽으세요 소리 내어 읽으면 최고의 뇌운동입니다.

○ 웃으세요. 스트레스가 만병의 원인입니다

○ 글쓰기와 읽기를 생활화 하세요 뇌운동에는 그만입니다.

○ 많이 움직이세요 몸도 마음도 활동이 멈추면 병들기 마련입니다

노후생활의 3대철칙

1. 넘어지지 마라

   횡단보도를 건널때 시간이 남아있지 않다면 여유있게
   다음번을 기다리는 것이 좋다. 새로운 사업을 한다면 확
   신이 없다면 하지 마라. 실패한다면 재기할수 없다.

2. 감기 걸리지 말라

   찬바람이 불고 추워질때 체온관리에 소홀한다면 감기
   에 걸리고 심해지면 합병증이 더해 질수 있으니 건강관
   리 잘 해라

3. 무리하지 마라

   젊었을 때처럼 나이 들어서는 무리하지 말고 과로하지
   말 것이다.

자연의 느낌

어떤사람이 생사가 걸린 위암수술을 받고 그해 가을 자꾸만 쓰러져가는 저를 일으켜 세운 의미있는 시간이 있었습니다. 내 안에 그렇게 위대한 힘이 있는지, 인생이 얼마나 아름다운지, 사랑이 얼마나 소중한지, 무엇보다도 나자신을 넘어서는 초월적인 존재의 신비로움을 깨달았습니다.

계절이 순환하는 자연의 법칙을 보며 인생의 계절을 떠올려 봅니다. 새벽, 낮, 밤, 하루가 가고, 초승달, 보름달, 그믐달, 한 달이 가고, 봄, 여름, 가을, 겨울, 한 해가 가고, 이렇듯 세상의 모든 현상과 존재는 끊임없이 순환하지요.

자연도, 사람도 그 순환을 벗어날 수 없지요. 돈, 사랑, 권력 등 인생사도 마찬가지죠. 다만, 자연의 계절은 때가 되면 어김없이 순환하지만, 인생의 계절은 인간이 그 계절의 주기를 변화시킬 수 있는 선택과 자유가 주어져 있는 것이 다를까요.

사람이 세상을 자신이 보고싶은 대로 보면서도 정작 자신은 알지 못하는 게 인간이라고요. 그 제한된 관점 때문에 인생이 힘들다고. 그 관점만 바꾸면 세상도, 인생도 아름다워진다고.

모든 것은 모든 것에 연결돼 있다

오늘 평소와 다름없는 출근길은 어떤가. 그거야 늦잠 안 자고 서둘러 준비해 나왔으니 제때 출근한 것이라고 하면 그만이다. 어쩌면 당연한 말이다.

하지만 그 뒤에 무수한 일들이 가려져 있다. 평소대로 출근할 수 있었던 게 과연 나 혼자만의 의지와 능력 덕분이었을까. 거기에는 지각했을 때 갖다 붙이는 변명만큼이나 많은 이유들을 찾을 수 있다. 가족 중 어느 한 명도 응급실에 실려가지 않고 안녕한 덕분이고, 지하철과 버스가 파업을 하지 않은 덕분이고, 횡단보도 앞에서 급정차한 자동차가 나를 치지 않은 덕분이고, 그 '덕분'을 따지자면 한도 끝도 없다. 매일 출근하는 평범한 일상에서조차 말이다. 인사말로 가볍게 주고받는 '좋은 아침'은 시간이 되면 누구에게나 저절로 찾아오는 게 아니다.

어차피 혼자 사는 세상은 없다.

아르헨티나의 작가 호르헤 루이스 보르헤스(1899~1986)는 "모든 것은 모든 것에 연결돼 있다"고 했다. 그런 연결이 사람에 따라선 인연일 수도, 우연일 수도, 아니면 운명일 수도 있다. 각자 생각하고 받아들이기 나름이다. 뭐가 됐든 그게 개인을 둘러싼 현실임에 틀림없다. 세상이란 모든 이들이 그처럼 서로 영향을 주고받으며 시간의 축을 따라 움직이는 거대한 흐름 아닐까.

그렇다면 서로 틀어지고 맞부딪히는 사람과 집단들도 어디에선가 연결돼 있다는 뜻이다.

본질적으로는 각자 서로의 거울일 수도 있다.

어느 시골에서 며느리끼리 서로 다투고 있었다. 인생의 경륜이 쌓인 100세를 넘은 할머니가 옆에서 보시더니 한마디 "세월이 흐르면 서로 돕고 지내야 할 상황이 올것이니 좋게 지내라"고 말했다.

누군가를 미워하거나 화내지 말라. 시간이 어느정도 흐르면 그도 도움을 줄수 있는 우군友君이 될 수도 있다.

몸속 염증 없애는 쉬운 방법 4가지

1. 설탕 섭취를 줄인다

   당분은 부신(콩팥위샘)이나 스트레스 조절기를
   마모시킴으로써 스트레스에 대처하는
   신체기능을 떨어뜨린다.
   신체는 스트레스를 받았을 때
   코르티솔 호르몬을 분비한다.
   그런데 당분은 신체의 염증을 조절하는 데
   도움을 주는 호르몬 중의 하나인
   코르티솔을 분비하는 부신의 기능을 떨어뜨린다.

2. 과일, 채소를 더 많이 먹는다

   항염증 효능이 있는 식물성 생리활성물질인
   파이토뉴트리언트가 풍부하게 들어있는
   과일과 채소를 많이 먹으면 좋다.
   과일과 채소에는 각종 질병 위험을
   감소시키는 항산화제 등의 화학물질이 많이 들어있다.
   딸기 한 컵 분량에는 비타민 C 하루 권장량의
   150%가 들어있다. 비타민 C는
   질병을 퇴치하는 작용을 하는 백혈구를 촉진한다.

3. 명상을 한다

   연구에 따르면 만성 스트레스는 염증 반응 지표인
   C 반응성 단백(CRP)와 면역체계와 관련이 있는 것으로
   나타났다.
   스트레스를 없애려면 하루에 10~15분 명상하는
   시간을 갖는 게 좋다. 명상하기가 힘들다면
   요가나 날씨가 좋을 때 걷는 것도 효과적이다.

4. 잠을 충분히 자라

   수면 부족은 체중 증가부터 심장 질환과 염증까지
   거의 모든 것에 영향을 미친다. 연구에 따르면,
   수면 부족은 CRP의 증가와 관련이 있는 것으로 나타
   났다.

부지런한 사람

부지런한 사람은
일만 보면 화색이 돈다

부지런한 사람은
돈을 많이 벌게 된다

부지런한 사람은
주위 사람들이 좋아한다

부지런한 사람은
무슨 일을 시켜도 든든하다

부지런한 사람은
늘 행복한 마음이 넘친다

부지런한 사람은
감사하는 일을 자꾸 만든다

부지런한 사람은
칭찬을 많이 받는다

부지런한 사람은
일마다 타인에게 유익을 준다

부지런한 사람은
사막에서도 살아남는다

분노와 결국

분노는
결국의 무지에서 온다

과정과 결국을 아는 이는
결코 분노하지 않는다

성공자가 되고 싶은가?
냉정한 이성으로 결국을 관리하라

당장의 감정 표출은
사람들의 판단 거리

그대의 표현 모습은
저들에게 각인되고

그대의 행동은
스스로의 미래를 결정 한다

분노는 결국의 고통
분노는 결국의 소멸

이런데도 계속 분노해야만 하는가?

웃으면 복이와요

첫 인상이 그 사람의 인격을 좌우한다.
그러나 일부 사람들은
웃고 다니면 가벼워 보일까 봐
일부러 웃지 않으려 용을(?) 쓰는 사람도 있다.

그러나 이제는 밝은 웃음이 자신감의 시대가 되었고
심지어 스스로 망가져서라도 웃음을 만들어 내고자
앞 다투는 시대가 되었다.

웃음이 많은 사람 곁에는 항상
많은 사람들이 모인다.

핵무기가 터지면 수많은 사람을 죽인다.
하지만 웃음보가 터지면 많은 사람을 살리고
온 주위를 행복하고 신나게 한다.

그렇다!
웃는 얼굴에 침을 못 뱉는다.

사람 잡는 13가지

[오해]가 사람 잡는다.
반드시 진실을 확인하라

[설마]가 사람 잡는다.
미리 대비해야 한다.

[극찬]이 사람 잡는다.
칭찬은 신중히 하고,
내가 칭찬을 받을 때에는 교만하지 말라

[뇌물]이 사람 잡는다.
선물은 받되, 뇌물은 받지 말고, 치우치지 말라

[차차]가 사람 잡는다.
오늘 할 일을 내일로 미루지 말라

[나중에]가 사람 잡는다.
지금 결단하라

[괜찮겠지]가 사람 잡는다.
세상에는 안 괜찮은 일들이 많이 있다.

[공짜]가 사람 잡는다.
반드시 댓가를 지불하라

[고까짓것]이 사람 잡는다.
남을 무시하면 ,
그를 지으신 하느님을 무시하는 것이다.

[별것 아니야]가 사람 잡는다.
모든 것은 소중하다. 별것 아닌 것은 없다.

[조금만 기다려]가 사람 잡는다.
기다리게 해 놓고 변하는 사람도 많다.

[이번 한 번만]이 사람 잡는다.
한 번이 열 번 백 번이 된다.

[남도 다하는데]가 사람 잡는다.
세상 모든 사람이 다 해도 하지 말아야 할 일이 있다.

조화로운 삶의 원칙

경제학자라는 지위를 내려놓고, 땅을 일구며 소박한 삶을 살았던 미국의 자연주의자, 스콧 니어링. 그가 평생 지킨 원칙은 "덜 소유하고, 더 많이 존재하라." 였다.

한번은 일류 재단사인 친구가 그에게 양복 한 벌을 선물했다. 그는 정중하게거절하는 답장을 보냈다.

"나는 대체로 옷 잘 입는 사람들이 남보다 우월해 보이도록 몸과 마음을 가꾸는 습관을 받아들이지 않네. 덧붙이자면 구두 한 켤레, 모자 하나, 외투 한벌, 넥타이 한두개, 허리띠 하나면 족하다고 생각하네."

어느 날은 그가 강연하기 위해 허름한 옷을 입고 강연장에 들어서는데 입장권을 받는 이가 막아섰다. "입장료를 내지 않으면 못 들어갑니다." 그러자 그는 자신이 강연자라고 말하지 않고 조용히 입장료를 내고 들어갔다.

"우리가 가진 것이 중요한 게 아니라, 그것으로 어떤 일을 하느냐가 인생의 진정한 가치를 결정짓는다."라는 신념을 삶 속에 실천했던 스콧 니어링. 그는 백 번째 생일날 이웃들로 부터 이런 글귀를 선물받았다.

"당신 덕분에 세상이 조금 더 나아졌습니다."

최고의 선물

화가 이중섭이 하루는 병을 앓고 있는 친구의 문병을 갔습니다.
친구가 아픈지 꽤 오랜 시간이 지난 후의 문병이었기에
그는 늦게 찾아온 것을 미안해하며
친구에게 작은 도화지를 건넸습니다.
"자네 주려고 가지고 왔네. 이걸 가지고 오느라 늦었네.
자네가 좋아하는 복숭아라네."
그는 친구가 좋아하는 복숭아를 사다 줄 돈이 없어
직접 그림을 그려 선물한 것입니다.
친구는 이중섭의 우정에 감사하며 뜨거운 눈물을 흘렸습니다.

선물은 돈이 있어야만 살 수 있는 것은 아닙니다.
내 소중한 시간과 땀과 마음을 담아 전할 때
그것이 가장 최고의 선물이 될 수 있습니다.

[류중현(교통문화협의회 회장)]

100세 이상 사는법

1. 화내지 마라.
2. 웃으며 살라.
3. 적게 먹어라.
4. 채식을 먹어라.
5. 적당히 운동하라.
6. 담배를 피우지 마라.
7. 사람을 사랑하라.

[원광대 보건 복지학부 김종인 교수
 팀은 전국 100세이상 노인 507명을
 대상으로 노인의 장수 요인을 조사한 결과]

3부

마음으로 보다

가나다라 마바사아 자차카타파하

【가】장 소중한 사람이 있다는 건 '행복'입니다

【나】의 빈자리가 당신으로 채워지길 기도하는 것은 '아름다움'입니다

【다】른 사람이 아닌 당신을 기다리는 것은 '즐거움'입니다

【라】일락의 향기와 같은 '그리움'입니다

【마】음속 깊이 당신을 그리는 것은 '간절함'입니다

【바】라볼수록 당신이 더 생각나는 것은 '설레임'입니다

【사】랑한다는 말 한마디보다 말하지 않아도 빛나는 것이 '믿음'입니다

【아】무런 말 하지 않아도 당신과 함께 있고 싶은 것이 '편안함'입니다

【자】신보다 당신을 더 이해하고 싶은 것이 '배려'입니다

【차】가운 것이 겨울이 와도 춥지 않은 것이 당신의 '따뜻함'입니다

【카】나리아 같은 목소리로 당신 이름 부르고 싶은 것이 '보고싶은 '마음'입니다

【타】인이 아닌 내가 당신곁에 자리하고 싶은 것은 '바램'입니다

【파】란 하늘과 구름처럼 하나가 되고 싶음은 '존중'입니다

【하】얀 종이위에 쓰고 싶은 말은 모두 '사랑'입니다

가장 큰 실수

가장 큰 실수는
포기해버리는 것,
가장 어리석은 일은
남의 결점만 찾아내는 것,
가장 심각한 파산은 의욕을 상실한 것
텅 빈 영혼, 가장 나쁜 감정은 질투,
그리고 가장 좋은 선물은 용서다.

[해암의 「마음 비우기」 중에서]

* 누구나 실수는 있기 마련입니다.
그러나 가장 큰 실수는 조심해야 합니다.
때때로 어리석은 사람이 될 수는 있습니다.
그러나 가장 어리석은 일은 삼가야 합니다.
그럼에도 불구하고 우리가 희망을 갖는 것은
저마다 '용서'라는 가장 좋은 선물이 있기 때문입니다.
용서는 자기를 살리고
자기 주변과 세상을 살립니다.

겸손하라

네가 태어나기 전에도 이미 많은 것은 성취되어 있었다.
그대는 왜 사는가?
그대는 무엇을 목표로 - - - 이후는 어떻게 살 것인가?

항상 아름다운 것을 보도록 하라.
자신감과 행복은 재산, 권력, 특권층에 달려 있는 것이
아니라 당신이 사랑하고 존재하는 사람들과 당신이
믿음으로서 맺고 있는 관계에 달려있다.
사람은 말이나 실력보다는 태도를 평가하고 있다.
간직하려는 것이 집착이라며 버리는 것은 용기이다.

우리는 모두는 평범한 보통 사람이며 당신 사무실의
가장 쾌활하고 성격좋은 어떤 사람도 부처는 아니다.
자기 주머니에서 나오는 돈의 가치를 다른 사람이 알아
줄 것이라
기대는 하지 마라.
살아 있기 때문에 삶을 책임질 수 있는 것이다.

내가 누구인가

소크라테스 '너 자신을 알라'

소크라테스의 제자가 물었다.
"스승님은 자신이 누구인지 아십니까?"

소크라테스 왈 "알긴 아는데 내가 누구인지 모른다는 것
을 알지"

꿈을 이루는 방법

그녀는 유명한 사진학과 출신이 아니었다.
의생활학과를 졸업했지만,
사회에 나오기 전에 이미 자신의 길이 아님을 알았다.

경북 왜관, 촌에서 올라와
그녀는 대학 서클에서 처음으로 사진을 시작했다.
카메라 하나만 달랑 들고 무작정 사진을 시작했다.
그런 그녀를 사진계에서는 인정하지 않았다.
심지어는 '왕따' 까지 당했다.

"전공도 아니면서 뭘 안다고!"

2009년 잡지 바자 올해의 포토그래퍼상을 수상했으며
각종 패션사진, 영화 포스터, 연예인 촬영 작업에서
국내 최고로 통하던 사진작가 조선희씨가
처음 사진을 시작할 때의 이야기이다.

그녀는 사진작가의 보조로 일하던 때를
이렇게 회상한다.

"그때는 정말 사진에 미쳤습니다.

잠도 안 오고, 억지로 잠을 청하면 꿈에서도 셔터를 눌렀어요.

뭘 하든지 미쳐야 되는 것 같습니다.

미친 사람을 누가 감당하겠어요."

내일로 설레이다

심각한 어긋들이 널려 있어도 어김없이 해는 뜨고 무수한 쌍갈래로 이루지 못해도 여전히 바람은 분다.
얼마 후면 누구나 저 길에서 만날텐데, 어찌 그리 자기 혼자 목청 자랑 바쁜가?
내일도 모르면서도 힘자랑으로 온 하루 날아대는 하루살이
내년을 모르면서 동서남북 천지를 모르고 뛰기만 하는 메뚜기
높음의 자랑도 낮음의 교만도 세월은 흘러 달빛처럼 흐른다.
차별을 철폐하고, 일상을 영접하라!
아무리 험악한 시간도 강처럼 흐르고 눈에 띄는 행동권도 결국은 쇠하건만...
그래도 내일! 바로 그 내일이 있기에 가슴 찬 설레임만은 막을 길이 없어라!

롱펠로우의 사과나무 새가지

19세기 최고의 시인으로 불리는 롱펠로우는 매우 불행
한 삶을 살았습니다.
첫번째 아내는 평생동안 병을 앓다가 숨졌습니다.
두 번째 아내는 집에 화재가 발생해 화상으로 목숨을 잃
었습니다.
그러나 두 여인을 잃고도 롱펠로우의 왕성한 창작욕은
식을 줄 몰랐습니다.

임종을 앞둔 롱펠로우에게 한 기자가 물었습니다.
" 선생님은 험한 인생고개를 수없이 넘으면서도
어떻게 그런 아름다운 시를 남길 수 있었습니까?"

롱펠로우는 정원의 사과나무를 가리키며 대답했습니다.
" 저 사과나무가 바로 내 인생의 스승이었습니다.
저 나무에는 해마다 새로운 가지가 생겨납니다.
그곳에서 꽃이 피고 단맛이 나는 열매가 열리지요.

나는 내 자신을 항상 새로운 가지라고 생각했습니다."

마음 비우기

두 손을
꼭 움켜쥐고 있다면,
이젠 그 두 손을 활짝 펴십시오.

두 눈이
꼭 나만을 위해 보았다면,
이젠 그 두 눈으로 남도 보십시오.

두 귀로
꼭 달콤함만 들었다면
이젠 그 두 귀를 활짝 여십시오.

입으로
늘 불평만 하였다면,
이젠 그 입으로 감사하십시오.

마음을
꼭 닫으면서 살았다면,
이젠 그 마음의 문을 여십시오.

마음을 닫게 하는 대화 비결 10계명

1. 내 말은 옳고, 상대가 틀렸음을 기를 쓰고 증명(우기다)한다.
2. 상대방이 말을 끝내기 전에, 도중에 끼어든다.
3. 상대가 거부감을 느끼는 주제를 찾아 화제로 삼는다.
4. 처음부터 끝까지 내 이야기만 늘어 놓는다.
5. 딴 생각을 하고 있다가 이미 했던 얘기를 되묻는다.
6. 무슨 말이든 무관심하고 시큰둥한 태도를 보인다.
7. 쳐다보거나 고개를 끄덕이지 않고 웃지도 않는다.
8. 딴전을 피우고 다리를 떨거나 하품을 한다.
9. 말하는 사람 대신 다른 사람에게 관심을 보인다.
10. 맞장구 대신 엇장구를 쳐서 대화에 김을 뺀다.

반대로 하면 되지 않을까요

마음을 다스리는 글

사람은 늙어 가는 것이 아니다.
좋은 포도주처럼 세월이 가면서 익어 가는 것이다

인생에 있어 가장 중요한 것은
실패했다고 낙심하지 않는 것이며,
성공했다고 지나친 기쁨에 도취되지 않는 것이다.

상대방에게 한번 속았을 땐 그 사람을 탓하라.
그러나 그 사람에게 두번 속았거든 자신을 탓하라

어진 부인은 남편을 귀하게 만들고,
악한 부인은 남편을 천하게 만든다.

건강은 행복의 어머니이다.
인생은 바느질과 같아야 한다.
한 바늘 한 바늘씩!
입은 사람을 상하게 하는 도끼이고
말은 혀를 베는 칼이다.

그러므로 입을 막고 혀를 깊이 감추면
몸이 어느 곳에 있어도 편안할 것이다.

우리는 일년 후면 다 잊어버릴 슬픔을 간직 하느라고,
무엇과도 바꿀수 없는 소중한 시간을 버리고 있다

소심하게 굴기에는 인생은 너무나 짧다.
생각에 따라 천국과 지옥이 생기는 법이다

천국과 지옥은 천상이나 지하에 있는 것이 아니라.
바로 우리의 삶과 마음 속에 있는 것이다.

세상은 약하지만 강한 것을 두렵게 하는것이 있다.

첫째, 모기는 사자에게 두려움을 준다.

둘째, 거머리는 물소에게 두려움을 준다.

셋째, 파리는 전갈에게 두려움을 준다.

넷째, 거미는 매에게 두려움을 준다.

아무리 크고 힘이 강하더라도
반드시 무서운 존재라고는 할 수 없다.

매우 힘이 약하더라도 어떤 조건만 갖추어져 있다면
강한 것을 이길 수가 있는 것이다.

서툰 의사는 한 번에 한 사람을 해치지만
서툰 교사는 한번에 수 많은 사람들을 해친다

쓰고 있는 열쇠는 항상 빛난다.
가장 무서운 사람은 침묵을 지키는 사람이다

사랑을 받는 것은 행복이 아니다.
사랑하는 것이야말로 행복이다.

재능이란 자기자신을 믿는 것이고
자기의 힘을 믿는 것이다.
비교는 친구를 적으로 만든다.

자식에게 물고기를 잡아 먹이지 말고
물고기를 잡는 방법을 가르쳐 주라.

얻는 것보다 더욱 힘든 일은 버릴줄 아는 것이다.
영원히 지닐 수 없는 것에
마음을 붙이고 사는 것은 불행이다.

나에 대한 사람들의 평가는 내가 스스로를
어떻게 평가 하느 냐에 좌우된다.

햇빛은 하나의 초점에 모아질 때만
불꽃을 피우는 법이다.

실패는 고통스럽다.

그러나 최선을 다하지 못했음을
깨닫는 것은 몇배 더 고통스럽다.
훌륭한 인간의 두드러진 특징은
쓰라린 환경을 이겼다는 것이다.

마음이 편해지는 글

믿음과 희망을 갖고 최선을 다한 거기까지가
우리의 한계이고 그것이 우리의 아름다움입니다.
기대한 만큼 채워지지 않는다고 초조해 하지 마십시오

누군가 사랑하면서 더 사랑하지 못한다고 애태우지 마
십시오.
마음을 다해 사랑한 거기까지가
우리의 한계이고 그것이 우리의 아름다움입니다.

누군가를 완전히 용서하지 못한다고 부끄러워하지 마십
시오.
아파하면서 용서를 생각한 거기까지가
우리의 한계이고 그것이 우리의 아름다움입니다.

모든 욕심을 버리지 못한다고 괴로워하지 마십시오.
날마다 마음을 비우면서 괴로워 한 거기까지가
우리의 한계이고 그것이 우리의 아름다움입니다.

빨리 달리지 못한다고 내 걸음을 아쉬워하지 마십시오.
내 모습 그대로 최선을 다해 걷는 거기까지가
우리의 한계이고 그것이 우리의 아름다움입니다.

세상의 꽃과 잎은 더 아름답게 피지 못한다고 안달하지
않습니다.
자기 이름으로 피어난 거기까지가
꽃과 잎의 한계이고 그것이 최상의 아름다움입니다.

맹인의 등불

맹인 한 사람이 물동이를
머리에 이고 손에 등불을 든 채
걸어오고 있습니다.
마주오던 사람이 물어 보았습니다.
앞을 볼 수 없는데 등불을
왜 들고 다닙니까?
맹인이 대답했습니다.
당신이 제게 부딪히지
않게 하기 위해서요.
이 등불은 내가 아닌
당신을 위한 것입니다.

일본의 부모들은
자녀에게 어느 장소에서든
남에게 폐를 끼치는 행동을
하지 말라며 훈계한답니다.
미국의 부모들은
자녀에게 남에게 양보를
하라고 가르친답니다.
그에 반해 한국의 부모들은
자녀에게 절대 남에게 지지
말라고 가르친답니다.

우리에게 왜 배려와 겸손이
쉽게 자리를 잡지 못하는가를
알려주는 이야기 같습니다.

버려라

버려라 버려야 얻는다
이 진리의 법칙

그대는 왜 버리지 못하고
움켜쥐고만 있는가

진정한 성공자는
버리는 자

잘 버려서 행복을 얻으라

주저하는 자여
용기를 내어 가진 것을 버리라

내가 왜 버리냐 항변하는 자들아
미움을 버리고 시기를 버리고
가장 중요한 바로 그것을 버려라

철저한 버림으로 확실히 얻고
확실한 버림 더 큰 것을 얻는다.

삶의 비법

일하라. 성공의 지름길이다.
사고하라. 힘의 근원이다.
운동하라. 젊음의 비결이다.
독서하라. 지혜의 근본이다.
친절하라. 행복의 첩경이다.
꿈을꾸라. 성공의 길잡이다.
사랑하라. 삶의 가장 큰 기틀이다.
웃으라. 영혼의 음악이다.

[로버트H슐러 〈긍정의 삶〉 중에서]

보석같은 소중한 인연

아무렇게나 굴러다니는 구슬이라도
가슴으로 품으면 보석이 될 것이고

흔하디 흔한 물 한잔도
마음으로 마시면 보약이 될 것입니다.

풀잎같은 인연에도
잡초라고 여기는 사람은 미련없이 뽑을 것이고
꽃이라고 여기는 사람은 알뜰이 가꿀 것입니다.

당신과 나의 만남이
꽃잎이 햇살에 웃는 것처럼
나뭇잎이 바람에 춤 추듯이

일상의 잔잔한 기쁨으로
서로에게 행복의 이유가 될 수 있다면

당신과의 인연이 설령 영원을
약속하지는 못할지라도

먼 훗날 기억되는 그 순간까지 변함없이
진실한 모습으로 한떨기 꽃처럼 아름다웠으면 좋겠습니다.

오늘도 당신과의 인연
그 소중함을 다시 한번 가슴에 새기며

행복한 하루가 되시길
당신은 세상에서 제일 기분 좋은 사람입니다.

감사합니다.
덕분입니다.
고맙습니다.

["피천득/ '인연'" 中에서]

보이지 않는 마음의 세계

세상에 눈에 보이는 것만 쳐다보는 사람을
나는 바보라고 감히 말한다.
왜냐하면 이 세상은 분명 눈에 보이는 세계가
전부가 아니기 때문이다.

보시라!
과연 무엇으로 어떻게 만들어져서 우리를
사람이라고 하는가? 우리는 바로 몸과 함께
눈에 보이지 않는 마음이 있지 않는가?

또 그 마음의 생각은 살아 움직이고
시간과 공간을 한없이 여행하며
과거, 현재, 미래를 넘나들고
천하를 왕래하고 있는데 눈에 보이는
좁은 이 땅에서만 다람쥐 쳇바퀴 돌 듯
동서남북 뛰고만 있는가?

이제 우리!
그 마음을 한 번 깊이 관찰해 보자.
이 보이지 않는 마음을 잘만 관리하면
전혀 다른 세상을 만날 수 있다.

눈에 보이는 것보다 눈에 보이지 않는 마음의 세계!
바로 이 마음이 작을 때는 간장 종지보다 작지만
넓을 때는 우주보다 넓다.

비단과 걸레

'비단'은 귀하지만 모든 사람에게 반드시 필요한 물건은
아니다.
그러나 '걸레'는 모든 사람에게 반드시 필요하다.

어리석은 사람은 인연을 만나도 인연인줄 알지 못하고,
보통사람은 인연인 줄은 알아도 그것을 살리지 못하며,
현명한 사람은 소매 끝만 스친 인연도 그것을 살릴 줄
안다.

어떤 사람을 만나고,
어떤 책을 읽고,
어떤 배움을 얻느냐에 따라 인생은 전혀 달라진다.

19세기와 20세기를 대표하는 위대한 화가 빈센트 반 고
흐와 파블로 피카소.
이 둘 중 누가 더 뛰어난 예술가인지를 판단하기는 힘들다.
하지만 누가 더 행복하고 성공적인 삶을 살았느냐는 명
백하다.

고흐는 생전에 단 한 점의 그림도 팔지 못해 찢어지는 가
난 속에서

좌절을 거듭하다가 37세의 젊은 나이에 스스로 목숨을 끊었고,
피카소는 살아 생전 20세기 최고의 화가로 대접받으며 부유와 풍요 속에서 90세가 넘도록 장수했다.

도대체 무엇이 두 화가의 인생을 갈라 놓았을까?

수많은 원인이 있을 수 있겠지만
많은 경영학자들은 '인맥의 차이'를 중요한 요소로 꼽는다.
인생을 실패하는 가장 큰 원인은 '인간관계'라고 한다.

고흐는 사후에 피카소를 능가할 만큼 크게 이름을 떨친 화가이다.
그가 남겨놓은 걸작들이 피카소의 그림보다 값이 더 나가고 있기 때문이다.
죽고 난 뒤의 성공이 살아 생전의 성공과 같을 수는 없는 것이다.

진정한 친구란 괴로울 때나 어려울 때 함께 토로할 수 있고,
갑자기 전화하거나 찾아볼 수도 있으며,
자기가 발견하지 못하는 성격의 단점을 고쳐줄 수 있는 사람이다.
옛 경전에서는 '진정한 친구'를 '붕'朋이라고 표현하고 있다.

붕朋은 우友하고는 다르다.
진정한 벗인 '붕'이 되려면
첫째 나이를 따지지 않고長,
둘째 직업의 귀하고 천함을 따지지 않으며貴,
셋째 집안의 배경을 따지지 않아야 한다兄弟는 것이다.

예비 리더들이 참조해야 할 인맥의 유형을 3가지로 분류한다
'직업적인 인맥' 구축은 '깊이'를 중심으로 해야 하고,
'사적 인맥' 구축은 다양성을 중심으로 '넓게' 한다.
'전략적 인맥'구축은 적절한 '균형'을 추구해야 한다.
훌륭한 인맥의 3가지 장점은 질 높은 정보를 얻을 수 있다.
다양한 재능을 가진 사람들을 접할 수 있다.
인맥은 일종의 권력이다.

한 번 받기도 힘든 노벨상을 두 번이나 수상한 라이너스 폴링 박사의 경우
그는 화학상과 평화상이라는 서로 다른 분야에서 노벨상을 두 번이나 수상했던 인물이다.

그의 '창조적 성공'은 탁월한 두뇌가 아니라, 깊고 다양한 인맥, 균형적인 인맥의 결과이다.
결국 '비단' 같은 사람보다는 '걸래' 같은 사람이 더 소중하고 이 시대 더 필요한 사람이다.

생각이 운명으로

생각을 조심하세요,
그것은 언젠가 말이 되니까.

말을 조심하세요,
그것은 언젠가 행동이 되니까.

행동을 조심하세요,
그것은 언젠가 습관이 되니까.

습관을 조심하세요,
그것은 언젠가 성격이 되니까.

성격을 조심하세요,
그것은 언젠가 운명이 되니까

사람의 관계란

한 순간을 만났어도
잊지 못하고 살아가는 사람이 있고
매 순간을 만났어도 잊고 지내는 사람이 있다.

내가 필요할 때 날 찾는 사람도 있고
내가 필요할 땐 곁에 없는 사람도 있다.

내가 좋은 날에 함께했던 사람도 있고
내가 힘들 때 나를 떠난 사람도 있다.

늘 함께 할때 무언가 즐겁지 않은 사람도 있고
짧은 문자나 쪽지에도 얼굴에 미소 지어지는 사람이 있다.

그 이름을 생각하면 피하고 싶은 사람도 있고
그 사람 이름만 들어도 못내 아쉬워 눈물 짓는 사람도 있다.

서로에게 있어 가장 소중한 사람은
지금 내곁을 지켜주는 사람이란 걸 가끔은 잊을 때가 있다.

등잔 밑이 어둡다.

너무 가까이 있기에 그 소중함을 모르고 지나쳐 버리고 있는
이 시간들 그 시간을 낭비하지 말 것이며
우리에게 주어진 시간은 생각보다 그리 넉넉치 않으니…

사람의 관계란
우연히 만나 관심을 갖으면 인연이 되고,
공(노력)을 들이면 필연이 된다.

3번 만나면 관심이 생기고
6번 만나면 마음문이 열리고
9번 만나야 친밀감이 생깁니다.

우리는 좋은 사람으로 만나
착한 사람으로 헤어져 그리운 사람으로 남아야 합니다.

얼굴이 먼저 떠오르면 보고 싶은사람
이름이 먼저 떠오르면 잊을 수 없는 사람
눈을 감고 생각 나는 사람은 그리운 사람
눈을 뜨고도 생각 나는 사람은 아픔을 준 사람

외로움은 누구 인가가 채워줄수 있지만,
그리움은 그 사람이 아니면 채울수 없다.
오늘도, 감사하며 행복한 나날이 되시길 기원드립니다.

세상에서 가장 필요한 것

교육계에서 일한 지 20년.
남들보다 늦은 나이 마흔 셋에 첫 부임을 한 내게,
아버지께서 물으셨다.

"아이에게 가르칠 것 중
가장 필요한 것은 무엇이겠니?"

나는 '정직', '성실' 등 다양한 말이 떠올랐고
가장 중요한 것을 찾느라 고심하고 있었다.

이때 아버지 께서는
"가장 중요한 것은 인내다."라고 말씀하셨다.

아무리 생각해보아도 이보다 더한 답이 없었다.

마흔 일곱 해,
외팔로 여섯 자식을 키우면서 터득한
아버지의 교육에 대한 지혜를
교육대학원까지 나온 나는 아직도 따라가지 못한다.

어디에 새길 것인가

두 친구가 사막을 걷고 있었습니다.

한참을 걸은 후 그들은 어느 지점에 이르러 말다툼을 하게 되었고 한 친구가 다른 친구의 뺨을 때렸습니다. 뺨을 맞은 친구는 매우 아팠지만 아무 말 없이 모래 위에 다음과 같은 말을 썼습니다.

"오늘 나의 가장 친한 친구가 뺨을 때리다."

그들은 계속 걸어 오아시스에 도달했습니다.

거기서 목욕을 하고 있는 데 전에 뺨을 맞았던 친구가 수렁에 빠져 점점 가라앉기 시작하였습니다. 뺨을 때린 친구는 그를 서둘러 구해냈습니다. 친구의 도움으로 간신히 목숨을 건지게 된 그가 돌에 다음과 같은 글을 새겼습니다.

"오늘 나의 가장 친한 친구가 내 생명을 구하다."

그를 구한 친구가 물었습니다.

"내가 너를 때렸을 때는 모래에 글을 썼는데, 지금은 왜 돌에 썼는가?"

그러자 그가 대답했습니다.

"누군가 나를 아프게 할 때 그것을 모래에 쓰는 것은, 용서의 바람이 불어와 그것을 지워 버릴수 있도록 하기 위해서지. 그렇지만 누군가 내게 선을 행하면 절대로 바람이 지울수 없도록 돌에 새겨 넣는 거야?"

아름다운 선물

작년 여름의 일입니다.
휴가차 시골에 갔었는데,
"경로당에 에어컨을 달아야 할텐데..."
라고 어머니께서 말씀하셨습니다.

'에어컨 가격이 만만찮은데...'
그러다가 바쁜 일상생활에
그만 잊어버리고 있었습니다.

이번 설이었습니다.
어머니께서는 생신인 정월 대보름인
칠순잔치를 하지 말고 그 비용으로
경로당에 에어컨을 달자고 하셨습니다.

'어머니 집에도 에어컨이 없으신데...'
하는 생각이 들었지만
작년부터 그렇게 원하시던 것이었기에
케이크 하나로 생신을 대신하고
드디어 2월 16일
13평형 스텐드 에어컨 2대가
시골 고향 경로당에 설치되었습니다.

어머니와 전화통화를 했습니다.
어머니는 여러 사람으로부터 인사를 들었다며
아주 흡족해 하셨습니다.

어느 누구보다도 어렵게 사셨으면서도
남을 더 생각하시는 어머니.
"어머니" 란 소리만 들어도
어머니께서 숱하게 고생하신 날들이 선하여
저의 두 눈엔 눈물이 핑 돌고
목이 울컥 하면서 가슴이 미어집니다.

어머니!
사랑하는 어머니!
오래 오래 건강하게 사시길 빌겠습니다.

이 글은 꼭 읽어 보세요

농사를 모르는 사람들은
논에 물이 가득차 있으면
벼가 잘 자라는줄 압니다.

하지만 논에 항상 물이 차 있으면
벼가 부실해져서 작은 태풍에도 잘 넘어집니다.

그래서 가끔씩은 물을 빼고,
논바닥을 말려야 벼가 튼튼해집니다..

우리 삶의 그릇에도
물을 채워야 할 때가 있고,
물을 비워야 할 때가 있습니다..

인생은 흘러가는 것이 아니라,
채우고 비우는 과정의 연속입니다..

오늘 무엇을 채우고
또 무엇을 비우겠습니까?

마음에도 저울이 있습니다.

가끔씩 가리키는 무게를 체크해 보아야 합니다..

열정이 무거워져 욕심을 가리키는지

사랑이 무거워져 집착을 가리키는지

자신감이 무거워져 자만을 가리키는지

여유로움이 무거워져 게으름을 가리키는지

자기 위안이 무거워져 변명을 가리키는지

슬픔이 무거워져 우울을 가리키는지

주관이 무거워져 독선을 가리키는지

마음이 조금 무겁다고 느낄 땐
저울을 한번 들여다 보세요!

마음에도 다이어트가 필요합니다..

세상을 살면서 사랑하는 일이 우선입니다..

인생은 잠시 스쳐 지나가는 바람이기 때문입니다..

우리는 이 세상에 잠시 소풍온 사람들입니다..

인생의 세 가지 후회

사람은 죽을 때가 되면 지내온 일생을 회고하며 세 가지를 후회한다고 한다.

첫째는,
"베풀지 못한 것에 대한 후회"라고한다.

가난하게 산 사람이든 부유하게 산 사람이든 죽을 때가 되면 "좀 더 주면서 살 수 있었는데..."

이렇게 긁어모으고,움켜쥐어 봐도 별 것 아니었는데 왜 좀 더 나누어주지 못했고 베풀며 살지 못했을까? 참 어리석게 살았구나.
이런 생각이 자꾸 나서 이것이 가장 큰 후회란다.

둘째는,
"참지 못한 것에 대한 후회"라고 한다.

그때 내가 조금만 더 참았더라면 좋았을 걸,
왜 쓸데없는 말을 하고, 쓸데없이 행동 했던가? 하고 후회한다고 한다.

당시에는 내가 옳다고 생각했다.
그것이 최선이라고 생각했고
그럴 수밖에 없었다고 생각했다.

그러나 지나고 보니 좀 더 참을 수 있었고,
좀 더 여유를 가지고 참았더라면
내 인생이 좀 달라졌을 텐데 참지 못해서
일을 그르친 것이 후회가 된다는 것이다.

셋째는,
"좀 더 행복하게 살지 못한것에 대한 후회"라고 한다.

왜 그렇게 빡빡하고 재미없게 살았던가?
왜 그렇게 짜증스럽고 힘겹고 어리석게 살았던가?
얼마든지 기쁘고 즐겁게 살 수 있었는데...하며

복되게 살지 못한 것에 대해서 후회하며
또한 이러한 나로 인하여 다른 사람들을 힘들게 한
삶을 살았던 것에 대해서 후회한다고 한다.

일체유심조 — 切唯心造

一切唯心造는 '모든 것은 오직 마음에 의해 만들어진다.' 즉 '세상 모든 일은 마음먹기에 달려 있다.'로 풀이합니다.

『신라시대 원효스님이 34세때 의상스님과 함께 당나라 유학길에 나섰다가 폭풍우를 피해 한밤중에 토굴 속에서 잠을 자게 되었습니다.

원효스님과 의상스님은 무덤 속인지를 모르고 피곤에 지친 몸을 누이고 곤히 잠이 들었습니다.

원효스님께서는 갈증을 느껴 더듬거리며 바가지의 물을 찾아 마셨습니다. 그리고 다시 깊은 잠에 빠졌습니다.

이튿날 깨어보니

원효스님께서 마신 물은 바로 해골바가지에 고인 썩은 물이었습니다. 갑자기 스님의 뱃속이 뒤집어지며 참을 수 없는 구역질로 뱃속의 모든 것을 토해내었습니다.

"해골바가지의 물이 변한 것도 아닌데 한밤중에 마신 물은 어찌 달콤하였고, 지금의 썩어빠진 물은 어찌 내 속을 뒤집어 놓는 걸까? 이 모든 것이 모두 마음이 지어낸 것이구나."

'진리는 결코 밖에서 찾을 것이 아니라, 자기 자신에게서 찾아야 한다.'는 깨달음을 터득하고 당나라로 유학가지 않고 그냥 돌아왔습니다.』

어려운 일을 당하여도 고난이라고 생각하지 않으면 결코
고난일 수 없고,

나쁘더라도 괜찮다고 생각하면 좋아지고,

부족하더라도 이만하면 되지 하고 마음먹으면 만족스럽고,

힘들어도 꼭 해야할 일이라고 생각하면 힘든지 모르고,

계층간의 갈등이나 집단간의 이기주의 그리고 싸움판까
지도 이해하면 마음이 편해지듯이

'세상만사는 일체유심조.' 그것 입니다.

화를 잘 푸는 7가지 방법

1. 세 가지 질문을 던져 보세요.
   - 화를 내는 것이 적절한가?
   - 화를 낸다고 해서 상황이 달라질 수 있을까?
   - 화를 내면서 대응할 가치가 있는가?

   이렇게 생각하다 보면 분노는 합리적인 사고로 전환되고 화가 서서히 가라앉게 됩니다.

2. 몸을 이완시켜 보세요.
   ◆ 심호흡을 10분 정도 해 보세요
   - 눕거나 편안한 자세로 의자에 앉아서 눈을 감는다
   - 길고 깊게 코로 숨을 들이쉬어 폐까지 가도록 한다
   - 숨과 공기의 흐름에 정신을 집중한다.

   ◆ 근육의 긴장을 풀어 주세요
   두 주먹을 10초 동안 꽉 쥐었다가 풀어 준다.
   주먹의 따뜻한 느낌에 집중하면서 마음속으로 내 주먹이 평안해지고 긴장이 풀렸다고 이야기한다.

3. 화난 얼굴을 거울에 비춰 보세요.
   잔뜩 찌푸린 얼굴을 보면 그 얼굴을 바꾸기 위해 무언가를 해야겠다는 동기가 유발됩니다.

억지로라도 미소를 지어 보세요. 화가 나는 것은 정신적 현상이지만, 의식적으로 미소를 지으려고 애쓰면 근육이 이완되고 이런 신체적인 변화는 정신적인 화까지 풀어 줍니다.

4. 적절한 방법으로 화를 표현하세요.

화를 무조건 참는 것은 건강에 좋지 않습니다. 다른 사람들에게 자신이 화가 나서 고통 받고 있다는 것을 적절히 표현하는 것이 좋습니다.

5. 용서를 통해 화를 풀어 보세요.

나를 화나게 만든 사람에 대해서 생각해 보고 그를 이해하려고 노력해 봅니다. 상대방이 왜 그런 행동을 나에게 했는지 상황을 돌이켜 보고 그 사람을 용서하려고 노력해 보세요. 그러면서 자연히 나의 화도 풀리게 됩니다.

6. 고마움을 쪽지로 모아 보세요.

친구나 부모님의 배려에 감사한 마음이 들어 고맙다고 말하고 싶을 때 작은 쪽지에 써서 보관해 둡니다. 그리고 그들이 나를 화나게 했을 때 그 쪽지를 꺼내 보세요. 그 사람들이 내게 준 사랑을 생각하면 화가 누그러질 것입니다.

7. 편지로 화를 표현해 보세요.

　화가 난 상태에서 상대방에게 직접 말로 표현하다 보면 감정적인 말투 때문에 의견을 제대로 전달하지 못하는 경우가 많습니다. 이때 편지를 이용해 보세요. 왜 상대방에게 화가 났는지 차분한 말투로 정리할 수 있을 거예요. 편지를 읽는 사람도 당신의 뜻을 오해 없이 잘 이해할 수 있게 됩니다.

4부

정신을 바르게

이성철 종정의 공부 잘하는법 5계

(목표를 이루는 과정의 실천)

※ 이성철 종정 : 1981년 조계종 종정 취임. 일생동안 헤어
진 무명옷 과 몽당연필자루 등 검소한 생활

1. 잠 2시간 덜 자라.

잠 4~5시간 자면 충분하다. 불교의 경우 참선하는 수행
승들이 인생의 무상대도를 깨우치려고 하면서 (또는 일
반인이 자기 목표를 성취하기 위하여) 최우선적으로 잠
2시간 자는 것을 줄여서 노력해야 한다. 잘껏 다 자고 무
엇을 성취할 수 있을 것인가!

2. 잡담하지 말라.

이 세상 삶에는 말이 흘러 넘친다. 사람들은 불필요한
말을 많이 하고 지낸다. 말이 많으면 필요없는 말도 하기
쉽다. 쓸데없는 말을 하지 말라.

3. 경이외 책 읽지 말라.

불교에서 한 곳 경전에 집중해야 (일반인은 자기 목표 관련 책에 집중해야) 한다. 온갖 책들 노래책, 소설책 등이 넘쳐나고 있다. 여러 책을 보면서 어떻게 목표를 성취할 수 있겠는가! 한가지 책에 전념해야 한다.

4. 간식하지 말라.

현대인은 잘 먹는다. 살기위해 먹는 것이 아니라, 먹기위해 사는 것 같다. 식사를 조절 하여라. 과식은 헛된 생각 등 잡다한 생각이 떠오르고 자기 목표를 추진하는데 장애물이 된다.

5. 돌아다니지 말라.

많이 돌아다니면 할일을 못한다. 시간을 많이 낭비하게 된다. 시간은 똑같이 주어지고 매우 귀중한 것이다. 목표를 이루려면 돌아다니지 말고 시간을 효율적으로 사용하여라.

4가지는 결코 돌아오지 않는다

입 밖에 낸 말...

쏴 버린 화살...

흘러간 세월...

놓쳐버린 기회...

5-3=2+2=4

오해에서 세 걸음 물러나
생각하면 이해가 되고

이해에 이해를 더하면
사랑이 시작된다.

금방 시작된 사랑은 없다.

오해에서 천천히 한걸음, 한걸음
물러선 뒤에

이해를 하고 또 이해를 하다보면
따뜻한 사랑은 소리 없이 온다.

고민은 십분을 넘기지 마라

우리가 하는 걱정거리의
40%는 절대 일어나지 않을 것에 대한 것이고..

30%는 이미 일어난 사건들
22%는 사소한 사건들
4%는 우리가 바꿀 수 없는것들에 대한 것들이다..

나머지 4%만이 우리가
대처할 수 있는 진짜 사건이다..

즉, 96%의
걱정거리가 쓸데없는 것이다..

고민이 많다고 해서 한 숨 쉬지마라
고민은 당신의 영혼을 갉아 먹는다

문제의 핵심을 정확히 파악하고
해결책을 찾아 그대로 실행하라..

해결책이 보이지 않으면 무시하라
고민하나 안하나 결과는 똑같지 않는가

그러므로 고민은 10분만 하라..

잊어버릴 줄 알라
잊을 줄 아는 것은 기술이라기 보다는 행복이다..

사실 가장 잊어버려야 할 일을
우리는 가장 잘 기억한다..

기억은 우리가 그것을
가장 필요로 할 때
비열하게 우리를 떠날 뿐 아니라..

우리가 그것을 가장 원하지 않을 때
어리석게도 우리에게 다가온다..

기억은
우리를 고통스럽게 하는 일에는 늘 친절하며..
우리를 기쁘게 해줄 일에는 늘 태만하다...

[출처 하루감성]

넘어지는 자와 일어서는 자

주위에 보면 왜 그리도 넘어지는 사람이 많은지...
이들은 일단 표정과 언어부터
이미 넘어진 자와 같은 모습을 보게 된다.

얼굴표정은 이미 절단 난 사람같이
오만상을 찡그리고
그 말은 한결같이 어둡기만 하다

"하필이면 왜 나야?"
"왜 나만 억울해야 하나?"
"재수 없어"

하지만 일어서는 자는
어떤 일이든 일을 진지하게 작심하는 모습이다.
그리고 일단 일을 시작한다.

"그래, 어차피 주어진 일..."
"나라고 왜 못하나?"
"안될 것 없지!"

바보들은 항상 결심만 한다

작은 집을 짓고 농사를 지으며 사는
농부에서부터 위대한 예술가나 정치가에 이르기까지
성공한 자들은 한결같이 결심한 것을
행동으로 옮긴 자들이다.

행동은 결심의 나타남이다.
그러므로 지극히 상식적인 사항인데도
성공하지 못한 이유는 결심을 행동으로
옮기지 못하기 때문이다

사람답게 살자

1. 모든 일에 집착을 버려라.

   뜻대로 되지 않는 게 인생이고 세상은 당신을 맞춰 살지
   않고 지구는 당신을 위해 돌지 않는다.

   안 되는 일을 잘하려고 하지 말고 잘 할 수 있는 일을
   잘해라.

   내가 별로라는 사람에게 집착해서 그 사람의 마음을
   돌려보겠다는 건 참 어리석은 일이다.

2. 따르지 말고 따르게 해라.

   당신은 사랑하지 않는 사람을 감동시킬 수가 없다.

   양 한 마리를 따르려 하지 말고 풀을 심어 양들이 따
   라 오게 해라.

   헤어진 후 누군가가 그리우면 다른 사람 만나면 된다.

   뜨는 해를 못 본걸 후회하면 지는 해도 놓친다.

3. 사람은 참고 이해하는 거다.

   10가지에서 10가지 모두 마음에 드는 사람은 절대 있
   을 수 없다.

   생긴 대로 받아 드릴 수 있으면 만나고 고칠 생각은 하
   지 말라.

둘이 좋아했는데 어느 날 보니 다른 남자(여자)를 좋아
할 수 있는 게 인생이다.
그 남자(여자)는 나쁜 사람이 아니라 인간이다.

4. 친구가 당신을 돕지 않은 건 응당한 일이다.
친구이기 때문에 꼭 도와줘야 한다는 법은 없다.
돕지 않는 건 응당한 일이고 돕는 건 고맙게 생각해야
할 일이다.
돕는 게 응당하다는 생각은 바꿔라.

5. 우수하다고 해서 합당한건 아니다.
미녀를 좋아하는 남자도 예쁜 여자보다 자신을 보살펴
주는 여자를 찾고
돈을 좋아하는 여자도 돈 많은 남자보다 결국 자신을
사랑해주는 남자를 찾는다.
사랑할 때 조건을 보고 사랑하게 된다면 나중엔 조건
때문에 헤어지게 된다.
배우자는 우수한 사람보다 합당한 사람을 찾아라.

6. 돈은 될수록 많이 벌어라
돈 없이 시내중심에 살아도 찾아오는 사람이 없고,
돈 많게 농촌에 살아도 찾아오는 사람이 많은 게 현실
이고,
인정은 돈 있는 사람한테 쏠리는 게 현실이다.
시대의 흐름을 아는 자가 영웅이란 말도 있다.

7. 마음이 고우면 부실하단 소리 듣는다.

날마다 1원씩 주다가 내일 1원을 주지 못하면 나쁜소리 들으며 욕먹어도,

날마다 때리다가 하루만 안 때려도 감사하단 소리 듣는 게 인간이다.

깔보는 것도 마음이 고운 사람을 깔본다.

아무 사람한테나 마음 곱게 대할게 아니다.

8. 화가 날 땐 아무 선택도 하지 말라.

화가 날 때 사람의 지력상수는 0에 가깝다.

화 김에 선택해서 잘못을 깨우치지 말고 마음을 가라앉히고 선택해라,

화가 날 땐 심호흡하고 마음을 조절해라,

9. 갈까 말까 할 때는 가라.

살까 말까 할 때는 사지 마라.

말할까 말까 할 때는 말하지 마라.

줄까 말까 할 때는 줘라.

먹을까 말까 할 때는 먹지마라.

10. 도리를 따지지 말고 관심과 사랑을 줘라.

사람을 변화시키는 건 옳은 말보다 그 사람을 향한 관심과 사랑이다.

도리는 따질수록 멀어지지만 사랑은 해줄수록 가까워지는 게 인간관계다.

사람의 마음을 움직이는 말

어느 장님이
팻말을 목에 걸고
지하철 입구에서
구걸을 하고 있었습니다.

그 팻말에는
이런 글귀가 씌어져 있었습니다
'저는 태어날 때부터 장님입니다'

지나가는 사람들은 많았으나
그 장님에게 동전을
주는 사람들은 그리
많지 않았습니다.

어느 날 장님이
쪼그려 앉아 빵조각을
먹는 것을 보고 한
청년이 장님에게 다가왔습니다.

그리고 불쌍했던지
그 장님을 위해

팻말의 글씨를 바꿔주기로 했습니다.

그 청년은
팻말에 있던 글귀를
지우고 그 위에 다시
쓰기 시작했습니다.

'저는 봄이 와도 꽃을
볼 수 없답니다' ???

그 후로 지나가는 사람들의 태도가 변했습니다.

장님을 바라보며
고개를 끄덕이기
시작했습니다.

그리고, 그들은 장님앞에
놓인 깡통에 동전을
아낌없이 넣었습니다.

참 신기합니다.
글자 몇개 바꿨을
뿐인데 사람들은
마음의 문을 열기
시작합니다.

사람과 사람사이의 거리는
종이 한 장 차이입니다.
풍부한 감성으로
그 간격을 없앨 수 있다면
분명 세상은

더욱 아름다워질 것입니다.

성공자의 3가지 비전

누구에게나 큰 꿈을 가질 수 있다.
또 할 수 있으면 크게 가져라!

하지만 꿈만으로 세상일을 이루는 것이 아니다.
원대한 큰 꿈을 가지되 기간별로 시야권 비전,
즉 능력과 기간 내에 이루어낼 수 있는 비전을
가져야 큰 꿈을 이룰 수 있다.

마치 한 계단씩 올라가야 1층에서 2층으로
오르는 것처럼 말이다.

또 이룰 수 있는 사안별 계획은 하루하루를 성공시켜야
그 성공이 쌓여 그 목적의 비전을 이루므로 매일매일
열심히 최선을 다해야 한다.

다시 정리하면 열심을 내는 이가 사안별 계획을
이룰 수 있고, 사안별 계획을 이루는 자가 나아가
원대한 꿈을 이룰 수 있는 것이다.

1. Great vision = dream

큰 비전을 위해-꿈을 가져야 한다.

2. Accomplishmented vision = precise plan

이룰 수 있는 시야권 비전을 위해 - 치밀한 준비해야하고

3. Today's vision = hard working

당장 오늘의 비전을 이루려면 열심히 일하는 것이다.

아버지가 아들에게 주는 가르침

1. 매일 세 사람을 칭찬해라.
2. 적어도 1년에 한 번은 일출을 보도록 하라.
3. 사람들의 눈을 똑바로 마주 보아라....
4. "고맙습니다"라는 말을 자주하라.
5. "죄송하지만"이라는 말을 많이 하라.
6. 네 수입의 범위 안에서 살아라.
7. 네가 대접 받기를 바라는대로 네가 만나는 모든 사람을 대접하라.
8. 매년 두 번 헌혈하라.
9. 새 친구를 사귀되, 옛 친구들을 잃지 말아라.
10. 비밀을 지키라.
11. 어떤 일의 "요령"을 배우는 데 시간을 낭비하지 말고 그 일을 배우려고 애써라.
12. 네 잘못을 인정하라.
13. 용감하게 행동해라. 용감하지 못하면 용감한 체라도 해라. 아무도 그 차이를 모른다.
14. 네가 사는 지역의 자선 단체를 하나 선택해서 시간과 돈을 후하게 지원하라.
15. 신용카드는 그 편리한 점만을 이용하라. 외상으로 물건을 사거나 돈을 꾸기 위해 신용 카드를 사용해서는 안된다.

16. 어떤 경우에도 속임수를 쓰지 말라.

17. 어느 한 해를 잡아서 성경책을 처음부터 끝까지 읽어라.

18. 남의 희망을 짓밟는 일 절대로 하지 말아라. 그것이 그가 가진 모든 것일지도 모르니까.

19. 어떤 일의 성취나 어떤 물건을 갖게 해 달라고 기도하지 말고 지혜와 용기를 달라고 기도해라.

20. 화가 났을 때는 어떤 행동을 취하지 말아라.

21. 바른 자세를 가져라.

22. 어떤 방에 들어갈 때는 목적과 자신감을 가져라.

23. 큰 싸움에 이기기 위해서라면 작은 싸움은 기꺼이 져주라.

24. 남의 신상에 대한 잡담을 하지 말아라.

25. 아무 것도 잃을 것이 없는 사람을 조심해라.

26. 어려운 일에 임할 때는 실패란 있을 수 없다는 듯이 행동하라.

27. 너무 많은 일에 관여하지 말아라.

28. 용서의 힘을 과소 평가하지 말아라.

29. "문제"라는 말 대신에 "기회"라는 말을 쓰려고 노력해라.

30. 아내와 싸우고 집에서 뛰쳐 나가지 않도록 하라.

31. 가구와 의복에 대해서 5년 이상 사용할 것이라면 경제 사정이 허락하는 범위내에서 최고급의 것을 사라.

32. 대담하고 용감하게 행동해라. 일생을 되돌아 볼 때 사람은 자기가 한 일 보다는 하지 못한 일을 후회하기 마련이다.

33. 위원회 따위는 잊어 버려라. 세계를 바꾸어 놓는 아이디어는 언제나 혼자서 일하는 한 사람에게서 나오는 법이다.

34. 거리의 악사들은 소중한 사람들이다. 잠시 걸음을 멈추고 귀를 귀울인 다음 잔돈을 던져 주어라.

35. 쓰레기와의 전쟁에 동참하라.

36. 심각한 건강상의 문제가 생겼을 때 최소한 3명의 의사에게 진단을 받아라.

37. 불만족스러운 서비스, 음식, 상품에 접했을 때는 그 업소의 책임자에게 그 사실을 알려라. 훌륭한 경영자들은 그런 너의 행동을 고맙게 생각할 것이다.

38. 할 일을 뒤로 미루지 말아라. 해야 할 일을 해야 할 때에 해라.

39. 먼저 해야 할 일과 뒤에 해야 할 일을 분명히 구분해라. 죽음을 맞는 자리에서 "사무실에서 좀 더 많은 시간을 보냈더라면 좋았을 걸"하고 말한 사람은 한 사람도 없었다.

40. "모른다"고 말하는 것을 두려워 말라.

41. 죽기 전에 해볼 25가지 일의 리스트를 만들어서 지갑에 넣고 다니며 자주 꺼내 보아라.

42. 부모님에게 자주 전화를 걸어라.

[H. 잭슨 브라운 2세]

유태인의 자녀교육지침 53가지

1. 남보다 뛰어나게가 아니라 남과 다르게
2. 듣는 것보다 말하는 것이 더 중요하다.
3. 머리를 써서 일하라.
4. 지혜가 뒤지는 사람은 매사에 뒤진다
5. 배움은 벌꿀처럼 달다.
6. 싫으면 그만두라. 그러나, 하려면 최선을 다하라.
7. 아버지의 권위는 자녀들의 정신적 기둥!
8. 배운다는 것은 배우는 자세를 흉내내는 것에서 시작된다.
9. 배움을 중지하면 20년 배운것도 2년 내에 잊게 된다.
10. 상상력에도 한계는 있다.
11. 추상적 사고는 신에 대해 생각하는 것으로부터 비롯된다.
12. 어머니의 과보호가 때로 아이의 독창적인 재능을 살릴 수도 있다.
13. 형제간의 두뇌 비교는 둘을 다 해치지만 개성의 비교는 둘을 살린다.
14. 외국어는 어릴때부터 습관화 시킨다.
15. 이야기나 우화의 교훈은 어린이 자신이 생각토록 한다.
16. 어떤 장난감이라도 교육용 완구가 될 수 있다.
17. 잠들기 전에 책을 읽어주거나 이야기를 들려준다.

18. 오른손으로는 벌을 주고 왼손으로는 껴안아준다.

19. 심한 꾸지람을 했더라도 재울 때는 다정하게 대한다.

20. 어른들이 쓰는 물건과 장소에는 가까이 가지 못하게 한다.

21. 평생을 가르치려면 어릴 때 마음 껏 놀게 하라.

22. 가정교육에서 좋지 못한 것은 서슴없이 거절한다.

23. 조상의 이름을 통해 가족의 맥을 일깨워 준다.

24. 아버지의 휴일은 자녀교육에 꼭 필요하다.

25. 세대가 다른 여러 사람과 친밀하게 접촉하라.

26. 친구를 선택할때는 한 계단 올라서라.

27. 아이들끼리 친구라고 해서 그 부모들까지 친구일 수는 없다.

28. 남의 집은 방문할 때는 젖먹이를 데리고 가지 않는다.

29. 친절을 통해 아이를 지혜로운 인간으로 키운다.

30. 자선행위를 통해 사회를 배운다.

31. 돈으로 선물을 대신하지 말라.

32. 음식에 대해 감사드리는 것은 곧 신에 대해 감사드리는 것과 마찬가지이다.

33. 성 문제는 사실만을 간결하게 가르친다.

34. 어릴 적부터 남녀의 성별을 자각시킨다.

35. 텔레비전의 폭력 장면은 보여주지 않지만, 다큐멘터리 쟁영화는 꼭 보여준다.

36. 자녀에게 거짓말을 하여 헛된 꿈을 갖게 하지 않는다.

37. 자녀를 꾸짖을 때는 기준이 분명해야 한다.

38. 최고의 벌은 침묵이다.

39. 협박은 금물이다. 벌을 주든 용서를 하든지 하라.

40. 자녀들의 잘못은 매로 다스린다.

41. 어떤일이든 제한된 시간 내에 마치는 습관을 길러준다.

42. 가족 모두가 모이는 식사시간을 활용한다.

43. 외식을 할 때는 어린 자녀를 데려가지 않는다 .

44. 한 살이 될 때까지는 부모와 함께 식탁에 앉히지 않는다

45. 편식 버릇을 방관하면 가족이란 일체감을 잃게 된다.

46. 몸을 깨끗이 하는 것은 위생상, 외견상 목적 이상의 중요한 의미가 있다.

47. 용돈을 줌으로써 저축하는 습관을 길들인다.

48. 은은 무거워야 한다. 다만 무겁게 보여서는 안된다.

49. 내것, 네것, 우리 것을 구별시킨다.

50. 노인을 존경하는 마음은 아이들의 문화적 유산이다.

51. 부모에게 받은 만큼 자식들에게 베풀어라.

52. 남한테 받은 피해는 잊지 말라. 그러나 용서하라.

53. 기회 있을 때마다 민족의 긍지를 심어준다.

인생의 나이 다섯가지

사람에게는 5가지 나이가 있다고 합니다.
1. 시간과 함께 먹는 달력의 나이
2. 건강수준을 재는 생물학적 나이(세포 나이)
3. 지위, 서열의 사회적 나이
4. 대화해 보면 금방 알 수 있는 정신적 나이
5. 지력을 재는 지성의 나이

"100년쯤 살아 봐야
인생이 어떻노라 말할 수 있겠지요" 에서는
나이를 이렇게 말합니다.

1세, 누구나 비슷하게 생긴 나이
5세, 유치원 선생님을 신봉하는 나이
19세, 어떤 영화도 볼 수 있는 나이
36세, 절대 E.T. 생각은 못하는 나이
44세, 약수터의 약수 물도 믿지 않는 나이
53세, 누구도 터프 가이라는 말을 해주지 않는 나이
65세, 긴 편지는 꼭 두 번쯤 읽어야 이해가 가는 나이
87세, 유령을 봐도 놀라지 않는 나이
93세, 한국말도 통역을 해주는 사람이 필요한 나이
99세, 가끔 하느님과도 싸울 수 있는 나이

100세, 인생의 과제를 다 하고 그냥 노는 나이

나이 값 한다는 것이 결국은 사람 값 한다는 건데
"나는 과연 내 나이에 걸맞게 살아가고 있을까?"
"시간과 함께 흘러가버리는 달력의 나이만 먹은 것은 아
닌가?"

이 물음에 자신있게
"네"라고 대답할 수 있다면
인생을 제대로 살고 있는 사람이라 할 수 있습니다.

지나가리라

산더미 파도같은 분노는
뜬구름 분노이고

섬찟하게 날선 폭력언어는
결국에 무너진다

살벌한 혹한열매 고드름은
따스한 봄날을 못 이기고

따스한 햇살로 사는 담 밑 봉숭아는
불타는 여름을 못 이기고

뜨거운 불가마 여름날은
서늘한 가지바람에 도망을 간다

솜털이 도열하는 서늘한 가을은
혹한 삭풍에 고개를 숙이네

염려를 마시라
괴로워 마시라

지나가는 세월은
쇠를 녹인다

그대의 혹한 칼날 세월도
결국은 지나가리라

하나의 재능, 아홉의 노력

중국 당나라 때 천재 시인인 '이태백'이 한 때
글이 잘 써지지 않아 붓을 꺾고 유랑을 할 때가 있었습
니다.

유랑하던 어느 날 산중 오두막집에서 하룻밤을 머물게
되었습니다.
아침이 되었는데 오두막집에 살고 있는 노인이 아침부터
뭔가를 숫돌에 열심히 갈고 있었습니다.

이태백은 궁금해서 가까이 가서 보니
노인은 큰 쇠절구를 숫돌에 열심히 갈고 있는 것이었습
니다.
이태백은 이상해서 노인에게 물었습니다.
"무엇을 하려고 그렇게 열심히 갈고 계십니까?"
그러자 노인이 자신 있게 대답했습니다.
"네. 바늘을 만들기 위해서 갈고 있습니다."

이태백이 생각할 때 황당한 일이 아닐 수 없었습니다.
어느 세월에 그 쇠절구를 갈아서 바늘을 만들려는지…
이태백은 노인이 행동에 답답하고 미련해 보였지만,
계속해서 쇠절구를 열심히 갈고 있었습니다.

한참을 그 모습을 보던 이태백은 큰 깨달음을 얻었습니다.
그리고는 바로 집으로 돌아와 다시 붓을 잡았고,
이후 유명한 문필가가 될 수 있었습니다.

어느 세월에…하냐고요?
지금부터…하면 됩니다.
하나밖에 재능이 없는데…어떻게 하냐고요?
아홉의 노력을 하면…열에 도달할 수 있습니다.

지금 쉽게 포기하고 진로를 바꾸고 있지 않은가요.
하지만 변치 않는 것은 노력은 성공을 향한 지름길이며
노력하는 사람만큼 무서운 이도 없습니다.

톨스토이의 인생 10훈

1. 일하기 위해 시간을 내십시오. 그것은 성공의 대가입니다.
2. 생각하기 위해 시간을 내십시오. 그것은 능력의 근원입니다.
3. 운동하기 위해 시간을 내십시오. 그것은 끊임없이 젊음을 유지하는 비결 입니다.
4. 독서하기 위해 시간을 내십시오. 그것은 지혜의 원천입니다.
5. 친절하기 위해 시간을 내십시오. 그것은 행복으로 가는 길입니다.
6. 꿈을 꾸기 위해 시간을 내십시오. 그것은 희망을 품는 것입니다.
7. 사랑하고 사랑받는 데 시간을 내십시오. 그것은 구원받은 자의 특권입니다.
8. 주위를 살펴보는 데 시간을 내십시오. 그것은 이기적으로 살기에는 너무 짧은 하루입니다.
9. 웃기 위해 시간을 내십시오. 그것은 영혼의 음악입니다.
10. 기도하기 위해 시간을 내십시오. 그것은 인생의 영원한 투자입니다.

하버드도서관 명언 40가지

1. 지금 잠을 자면 꿈을 꾸지만 지금 공부하면 꿈을 이룬다.
2. 내가 헛되이 보낸 오늘은 어제 죽은 이가 갈망하던 내일이다.
3. 늦었다고 생각했을 때가 가장 빠른 때이다.
4. 오늘 할 일을 내일로 미루지 마라.
5. 공부할 때의 고통은 잠깐이지만 못 배운 고통은 평생이다.
6. 공부는 시간이 부족한 것이 아니라 노력이 부족한 것이다.
7. 행복은 성적순이 아닐지 몰라도 성공은 성적순이다.
8. 공부가 인생의 전부는 아니다. 그러나 인생의 전부도 아닌 공부 하나도 정복하지 못한다면 과연 무슨 일을 할 수 있겠는가?
9. 피할 수 없는 고통은 즐겨라.
10. 남보다 더 일찍 더 부지런히 노력해야 성공을 맛 볼 수 있다.
11. 성공은 아무나 하는 것이 아니다. 철저한 자기 관리와 노력에서 비롯된다.
12. 시간은 간다.
13. 지금 흘린 침은 내일 흘릴 눈물이 된다.

14. 개같이 공부해서 정승같이 놀자.

15. 오늘 걷지 않으면 내일 뛰어야 한다.

16. 미래에 투자하는 사람은 현실에 충실한 사람이다.

17. 학벌이 돈이다.

18. 오늘 보낸 하루는 내일 다시 돌아오지 않는다.

19. 지금 이 순간에도 적들의 책장은 넘어가고 있다.

20. 고통이 없으면 얻는 것도 없다.

21. 꿈이 바로 앞에 있는데, 당신은 왜 팔을 뻗지 않는가?

22. 22. 눈이 감기는가? 그럼 미래를 향한 눈도 감긴다. 23. 졸지 말고 자라.

23. 성적은 투자한 시간의 절대량에 비례한다.

24. 가장 위대한 일은 남들이 자고 있을 때 이뤄진다.

25. 지금 헛되이 보내는 이 시간이 시험을 코앞에 둔 시점에서 얼마나 절실하게 느껴지겠는가?

26. 불가능이란 노력하지 않는 자의 변명이다. 28. 노력의 댓가는 이유 없이 사라지지 않는다.

27. 오늘 걷지 않으면 내일은 뛰어야 한다.

28. 한 시간 더 공부하면 남편 얼굴이 바뀐다.

29. 절실하지 않은 자는 꿈을 꿀 수 없다.

30. 10분뒤와 10년후를 동시에 생각하라.

31. 신은 잊어라 그는 영원히 방관자일 뿐이다.

32. 최선은 절대 나를 배반하지 않는다.

33. 나는 천천히 가는 사람입니다. 그러나 뒤로가진 않습니다.

34. 죽어라 열심히 공부해도 죽지는 않는다.

35. 포기하지 마라. 저 모퉁이만 돌면 희망이란 녀석이 기다리고 있다.

36. 꿈이 없는 십대는 틀린 문장의 마침표와 같다.

37. 실패는 용서해도 포기는 용서 못한다.

38. 인간의 정신과 육체는 쓰면 쓸수록 강해진다.

제일 중요한 생각

미국의 유명한 정치가요, 학자인
다니엘 웹스터라는 사람이 있었습니다.
그분이 한번은 국무장관으로 있을 때의 일입니다.

뉴욕의 어떤 호텔에서 저명한 사람
약 20명과 저녁을 함께 했습니다.

저녁을 먹고 서로 담소를 나누고 있는데
웹스터만 가만히 머리를 숙이고 있더랍니다.

그때 옆에 있던 사람이 "웹스터 씨,
일생을 통해서 당신의 마음속에 들어온 생각 가운데
제일 중요한 생각은 무엇입니까?"라고 물어 보았습니다.

내가 지금 하는 모든 일을
이 다음에 하늘나라에 가서 내가 책임져야 한다는 것입
니다.

이 생각을 할 때
내 마음이 제일 엄숙해 집니다."

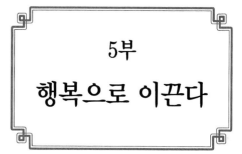

5부

행복으로 이끈다

7가지 행복

1 . Happy. look
   (부드러운 미소) 웃는 얼굴을 간직하십시오.
   미소는 모두를 고무시키는 힘이 있습니다.

2. Happy. talk
   (칭찬하는 대화) 매일 두 번이상 칭찬해 보십시오.
   덕담은 좋은 관계를 만드는 밧줄이 됩니다.

3. Happy. call.
   (명랑한 언어) 명랑한 언어를 습관화 하십시오.
   명랑한 언어는 상대를 기쁘게 해줍니다.

4. Happy. work.
   (성실한 직무) 열심과 최선을 다합십시오.
   성실한 직무는 당신을 믿게해줍니다.

5. Happy. song.
   (즐거운 노래) 조용히 흥겹게 마음으로 노래 하십시오.
   마음의 노래는 사랑을 깨닫게 합니다.

6. Happy note.

(아이디어 기록) 떠오르는 생각들을 기록하십시오.

당신을 풍요로운 사람으로 만들것입니다.

7. Happy. mind.

(감사하는 마음) 불평대신 감사를 말 하십시오.

비로소 당신은 행복한 사람임을 알게 됩니다.

김수환 추기경의 고해성사에서

남은 세월이 얼마나 된다고
가슴 아파하지 말고 나누며 살아가자

버리고 비우면
또 채워지는 것이 있으리니
나누며 살다가자

내 마음이 〈예수님, 부처님〉 마음이면
상대도 〈예수, 부처〉로 보이는 것을

누구를 미워도
누구를 원망도 하지 말자

많이 가진다고 행복한 것도
적게 가졌다고 불행한 것도 아닌 세상살이

재물 부자이면 걱정이 한창이요
마음 부자이면 행복이 한창인 것을

죽을 때 가지고 가는 것은
마음 닦는 것과 복 지은 것뿐이라오

누군가를 사랑하며 살아갈날도 많지 않은데
누군가에게 감사하며 살아갈날은 많지 않는데 ------
남은 세월이 얼마나 된다고
가슴아파하며 살지말자
버리고 비우면
또 채워지는 것이 있으니
사랑하는 마음으로
감사하는 마음으로 살아가자

웃는 연습을 생활화 하시라
웃음은 만병의 예방약이며 치료약
노인을 즐겁게 하며 동자童子로 만든다오

화를 내지 마시라
화내는 사람이 언제나 손해를 본다오
화내는 자는 자기를 죽이고 남을 죽이며
아무도 가깝게 오지 않아서
늘 외롭고 쓸쓸하다오

기도하시라
기도는 녹슨 쇳덩이도 녹이며
천년 암흑동굴의 어둠을 없애는
한줄기 빛이라도
주먹을 불끈 쥐기 보다
두손을 모으고 기도하는 자가

더 강하다오

사랑하시라
소리의 입으로 하는 사랑에는
향기가 없다오
진정한 사랑은
이해, 관용, 포용, 동화, 자기 낮춤이 선행된다오

내가
사랑이 머리에서 가슴으로 내려오는데
칠십년 걸렸다오

나를 변화 시켰던 소중한 한마디

직업상 남보다 뒤쳐지면 안 된다는 압박감에
끊임없이 공부하고
실력을 쌓기 위해 노력하며
하루하루를 보냈습니다.

불황과 경기침체에
남보다 하나라도 더 뛰어나야 한다는
강박관념에 사로잡혀
오늘도 어김없이 서점에 들렀습니다.

이제는 그림공부도 해야 할 판이라
기본부터 닦기 위해
스케치를 배울 수 있는 책을 찾아보았습니다.

책 한권을 빼든 순간...
놀라움에 입을 다물지 못했습니다.

저로써는 도저히 불가능한,
아니 하지 못할 것 같은 스케치가
수두룩하게 그려져 있었고,
생전 처음 들어본 언어들이

절 더 난처하게 만들었습니다.

"하... ..."
한숨이 새어 나오고
나는 여기서 더 이상 발전할 수 없는 사람인가...
이 어려운 시기에... 하며 한탄하다
그 책의 머리말 부분을 펼치게 되었습니다.

이 책을 펼치는 순간 당신은 이렇게 생각하겠지요.
'나는 절대로 이렇게 선을 그릴 수 없어!'
'이건 나에겐 너무 무리한 일이야!'
라는 상투적인 변명을 늘어놓고 있을게 뻔합니다.

나는 깜짝 놀라 머리말을 읽어 내려가기 시작했습니다.
캐러힐(책의 원작자)은 이렇게 말했습니다.

"뜻이 있는 일은 어느 것이나 처음에는 불가능하게 보인다!"

순간 저는 심장이 멈추는 듯한 감명을 받았습니다.

저는 그 책으로 그림공부를 시작했습니다.
불가능하게 보였던 드로잉이
이젠 제법 자리를 잡아가고 있답니다.
업계에서 제 인지도는 상당히 높아졌습니다.
그림을 연습하기 전 실력과 지금 실력은 차이가 많이 납니다.

좋은 일이지요.

여러분!

여러분은 뜻이 있는 일을 항상 지나쳐 버리지 않았습니까?

할 수 없어… 이렇게 어려운 걸… 내가 어떻게… 라며
외면해 버리지 않았습니까?

뜻이 있는 일은 어느 것이나 처음에는 불가능하게 보이나
하루하루 노력에 노력을 더한다면
분명 만족한 결과를 얻으시리라 믿습니다.
성공의 비결은 단 한 가지!
남이 외면하는 것을 자기가 해낼 수 있는
노력과 불굴의 의지입니다!

여러분
한번 도전해 보시길!

이 순간에도 불가능해 보이나 뜻이 있는
새로운 길이 여러분을 기다리고 있을 것입니다!

나를 송두리째 바꾸는 10가지 방법

1. 자투리 시간을 이용하라 쓸데없는 잡담이나 나누면서 시간을 죽이는 것보다 책을 읽는 편이 훨씬 생산적인 일이다

2. 버리는 일 부터 시작하라 쓸데없는 것은 소유하지 않는 일, 바로 이것을 습관화 하면 몸과 마음이 건강해진다. 그저 시간 때우기식으로 만났던 인간관계도 산뜻하게 정리할 필요가 있다

3. 자신에게 가장 소중한 것부터 하라 행복의 기준은 자신이 만들어라. 평범하긴 하지만 나에게는 가장 소중한 것은 건강이다. 건강한 몸 안에서 자라나게 될 무한한 가능성을 떠 올린다면 행복도 그리 멀게만 느껴지지 않을 것이다

4. 계획보다 50% 여유 시간을 잡아라 하루 활동하는 시간 중에도 일의 능률을 최대한 발휘할 수 있는 시간이 있게 마련이다. 컨디션을 유지할 수 있는 시간을 찾아내 그 시간 내에 하루 처리할 업무의 대부분을 해결하라

5. 단순하게 생각하라 무슨 일이든 단순하게 생각하면 중요한 부분에 자신의 능력을 집중시킬 수 있다. 어려운 일이 닥쳤을 때 피하려고 하기 보다는 어떻게 쉽게 생각할지 방법을 궁리하면 어느 순간 집안사정처럼 환

히 꿰뚫어 보게 될 것이다

6. 쉽게 그리고 즐겁게 일하라 자신이 하고 싶은 일이 있으면 곧장 행동으로 옮겨라. 성공한 사람들은 대부분 즐겁게 그리고 자발적으로 일에 뛰어든다. 지금이라도 쉽게 그리고 재미있게 일할 수 있는 방법을 궁리해 보자

7. 나만의 능력을 찾아라 남들이 하찮게 여기는 것이라도 스스로 자랑 할만 하다고 생각하면 그것이 바로 나만의 능력이다. 능력은 단시간에 생기는 게 아니다. 바로 그 점이 도전하는 사람이나 그것을 가진 사람 모두에게 자신감과 긍지를 갖게 한다

8. 일을 인생의 수단으로 삼아라 일은 인생의 수단일 뿐 결코 목적이 될 수 없다. 자신감과 노력이 뒤따르는 배짱은 일상의 여유를 선물 해 줄 것이다

9. 한가지 일에만 집착하지 말아라 한 가지 일에만 너무 집착하지 않도록 하라. 단지 하고 싶다는 이유로 자신을 몰아치는 동안 내 안에 잠자고 있는 진정한 재능이 그대로 잠들어 버릴지도 모르기 때문이다

10. 목표는 구체적으로 숫자화 시켜라 목표는 나는 할 수 있다, 나에게는 그럴만한 힘이 있다는 전제하에서 세우는게 효과적이다. 이왕이면 목표를 숫자화 시키고 구체적이고 객관적으로 결과를 판단할 수 있도록 한다

남과 비교하지 않는다

탁월한 사람은 남과 비교하지 않는다
탁월한 인물이 가진 특성 가운데 하나는
결코 다른사람과 자신을 비교하지 않는다는 점입니다
그들은 자신을 자기 자신
즉 자신이 과거에 이룬 성취와 미래의 가능성과만 비교한다
[브라이언 트레이시]

보통사람들은 습관적으로 남과 비교하여 불행해하고
자신의 페이스를 심어버리는 경우가 많습니다
진정한 강자는 남을 의식하는 대신 어제의 나와 오늘의 나
를 비교하고
자신의 목표 대비 어느정도 와있는지를 평가합니다
우리 모두는 이세상에 유일무이한 소중한 존재입니다.

당신이 먼저 준비하고, 일어나서, 기쁨을 주면

당신이 먼저 일을 준비하고
먼저 일어나서 도와주고
먼저 사람들에게 기쁨을 주면
평생, 즐거운 일들이 줄을서서 당신을 만나기 위해
번호표를 받고 대기할 것입니다.

['청국장집'벽에 걸린 안내 문구]

남자와 여자, 그 차이

남자는 무작정 여자에게 호기심을 갖지만
여자는 자기에게 관심을 보이는 남자에게만 관심을 갖는
다고 합니다.

여자의 본심은 싸울 때 드러나고
남자의 본성은 취중에 노출됩니다.

눈을 감으면 떠오르는 사람은 그리움을 남긴 사람이고
눈을 뜨고도 생각나는 사람은 아픔을 남긴 사람입니다.

얼굴이 먼저 떠오르면 보고 싶은 사람이고
이름이 먼저 생각나면 잊을 수 없는 사람이라고 합니다.

비는 떠난 사람을 원망하게 하고
눈은 잊어버린 사람까지 떠오르게 합니다.

남자는 말합니다.
잊을 수는 있지만
용서할 수는 없다고...
그러나 여자는 말합니다.
용서할 수는 있지만
잊을 수는 없다고...

돈을 잃으면 자유의 일부 상실이고
건강을 잃으면 생활의 상실이지만
사랑을 잃으면 존재 이유의 상실입니다.
이 세상에서 가장 슬픈 것은 너무 일찍 죽음을 생각하
는 것

노력의 문

일생동안 문밖에서 기다리다가 죽은 사람이 있었습니다.

한번도 문안으로 들어가 보지도 못하고
문밖에서 서성거리다가 죽을 무렵이나 되서야
문지기에게 안으로 들어가지 못하게
문을 지키는 이유가 무엇이냐고 물었습니다.

그러자 문지기는 반가워서 말했습니다.
"이 문은 당신의 문입니다.
당신이 말하면 문을 열어 드리려고 여기에 있었습니다"

그제서야 땅을 치고 후회했지만 이미 때는 늦은 뒤였습니다.
문지기에게 열어달라고 부탁을 했거나 열어 보려고 노력
을 했더라면
벌써 그 문안으로 들어갈 수 있었을 것입니다.
하지만 저절로 문이 열리기만을 바랐기 때문에
그 문으로 들어설 수가 없었던 것입니다.

내 삶을 사는데,
내가 선택하지 않고 내가 시도하지 않으면 아무것도 이루
어낼 수 없습니다.

그 누구도 도와주지 않습니다.
내가 의도하지 않아도 저절로 이루어지는 건 나이를 먹는
것 밖에 없습니다.

우린 세상을 살면서
늘 이렇게 시도하지 못한 것에 대해 후회를 하면서 살고
있습니다.

어제는 꿈에 불과하고 내일은 환상에 지나지 않습니다.
그러나 오늘을 잘 살아간다면
모든 과거를 행복한 꿈으로 미래를 꿈꾸던 현실로 만들 수
있을 겁니다.

당신이 지금 행복하지 않은 10가지 이유

1. 첫번째 이유 : 사랑 결핍

   사랑이 부족하다. 독신이나 가정사정으로 인해
   사랑받지 못하고 사랑하지 않기 때문에
   사랑 결핍증에 걸리고 행복감은 바닥으로 떨어지는 것
   이다.

2. 두번째 이유 : 행복의 조건

   행복에 조건을 붙이기 때문이다.
   미리 조건을 정해놓고 그 조건에 맞는 행복이 걸려들기
   만 기다리고 있기 때문이다.

3. 세번째 이유 : 행복 미루기

   행복을 미루기 때문이다.
   지금보다 처지가 나아져 호의호식하게 되면
   더없이 행복해질 거라며 행복을 무작정 미루기 때문에
   현재의 행복이 없는 것이다.

4. 네번째 이유 : 투정부림

   투정을 부리기 때문이다.
   예쁜 옷이 없다고, 외식을 못한다고
   복에 겨운 투정을 부리기 때문에,

없던 불행이 생겨나고 들어왔던 행복도 달아나는 것이다.

5. 다섯번째 이유 : 돈=행복

돈이 곧 행복이라는 착각 때문이다.

돈이 많을 수록 인생이 즐겁다는 착각에 빠져 인생을 온
통 돈 버는 일에만 허비하기 때문에 삶이 지치고 고된
것이다.

6. 여섯번째 이유 : 타성에 젖음

타성에 젖기 때문이다.

안일한 생활이 너무 오랫동안 지속 돼

내가 지금 행복한지 불행한지도 모르고

무덤덤하게 살아가기 때문에 행복을 느끼지 못하는 것
이다.

7. 일곱번째 이유 : 불행 자청

불행을 자청하기 때문이다.

조금만 힘들어도 살기 싫다. 죽고 싶다.라는 말을 늘어
놓기 때문에 몸은 처지고 없던 불행도 생겨나는 것이다.

8. 여덟번째 이유 : 환경 원망

환경을 원망하기 때문이다.

내가 불행해진 것은 가난하고, 못 배우고, 못 생겼기 때
문이라고

열악한 환경 탓만 하기 때문에 불행의 늪에서 헤어나지

못하는 것이다.

9. 아홉번째 이유 : 행복 외면
   작은 행복을 외면하기 때문이다.
   크고 화려한 행복에 집착해 일상생활 속의 작고 소박
   한 행복들을
   외면하기 때문에 행복의 양이 자꾸만 줄어드는 것이다.

10. 열번째 이유 : 남과의 비교
    남들의 행복은 과대 평가하고
    내 행복은 과소 평가 비교하기 때문에
    내 처지가 한없이 슬퍼 보이는 것이다.

물처럼 살자

물을 보라
물은 밟히지 않는다.

낮아지고 낮아지고
내려가고 내려간다.

물은 소리 없이
인생법칙을 가르쳐 준다.

물처럼 살면
선한 사람들이 따른다.

물처럼 내려가면
기분 나쁜 일 없다.

무슨 말을 해도
물은 성질 날 일 없다.

물처럼 살자
차라리 물이 되라.

매일 행복해지는 10가지 수칙

1. 긍정적으로 세상을 본다.

   동전엔 양면이 있다는 사실을 믿게 된다.

2. 감사하는 마음으로 산다.

   생활에 활력이 된다.

3. 반갑게 마음에 담긴 인사를 한다.

   내 마음이 따뜻해지고 성공의 바탕이 된다.

4. 하루 세끼 맛있게 천천히 먹는다.

   건강의 기본이요 즐거움의 샘이다.

5. 상대의 입장에서 생각해 본다.

   핏대를 올릴 일이 없어진다.

6. 누구라도 칭찬한다.

   칭찬하는 만큼 내게 자신이 생기고 결국 그 칭찬은 내
   게 돌아온다.

7. 약속 시간엔 먼저 가서 여유있게 기다린다.

   오금이 달지 않아 좋고 신용이 쌓인다.

8. 일부러라도 웃는 표정을 짓는다.

   웃는 표정만으로도 기분이 밝아진다

9. 원칙대로 정직하게 산다.

   거짓말을 하면 죄책감 때문에 불안해지기 쉽다.

10. 때로는 손해 볼 줄도 알아야 한다.

　　당장 내 속이 편하고 언젠가는 큰 것으로 돌아온다.

　　['마음에 희망을 심다' 중]

무한불성 無汗不成

땀을 흘리지 않으면 무엇이든 이루지 못한다

우리들이 살아가는 세상에서
그 어떤 일이라도 노력하지 않고 얻을수 있는것은 아무
것도 없다

로또복권에 당첨되는것
재벌이나 부동산 부자가 되는것
유명가수, 배우처럼 연예인이 되는것
프로 스포츠 선수가 되는것
No pain, no gain
고통이 없으면 얻는 것도 없다

어떤 일이라도 이 세상에는 공짜가 없습니다.
자신의 꾸준한 노력없이 하늘에서 뚝 떨어지듯이
자신의 노력없이 저절로 이루어지는 것은 결코 없습니다.

결국 자신의 인생은 자신 스스로가 만들어가는 것일뿐
땀흘려 부단히 노력하지 않으면 그 아무런것도 저절로 되
는것은 없답니다

남들이 하는 일은 간단하고
쉬워 보이지만 막상 내가 하려면 무한한 땀과 노력이 필
요 합니다.

수없이 생각하고 잊어버려도 우리는 또 다시 끊임없이 기
억해야만 하는
진리가 바로 이 無汗不成 (무한불성)의 정신입니다

부부금슬의 묘약

1. 자주 칭찬을 하시라
   부부 사랑은 배우자의 칭찬을 먹고 자란다.
   "당신 생각이 옳아요."
   "자기 옷차림이 어울려요."
   칭찬을 입버릇처럼 자주하시라.

2. 날마다 한 끼 이상 함께 식사하시라
   날마다 한 끼 이상 함께 식사하시고,
   밥상머리에 앉아 대화를 나누면,
   소화제가 필요 없다고...

3. 1주일에 한 번 이상 사랑의 편지를 쓰시라
   1주일에 한 번 이상을
   '사랑하는 당신에게'로 시작해서,
   '당신을 사랑하는 000로부터'로 끝나는
   사랑의 편지를 쓰시라...

4. 매달 한 번 이상 같이 외출하시라
   부부 동반 외출은 활력을 북돋우고...
   한 달에 한 번쯤은 즐겨가던 곳이나,
   맛 있게 먹었던 음식점을 찾아 가시고...

5. 계절마다 한 번 이상 여행을 떠나시라
   변화는 새 삶이고 발전이라.
   계절마다 변화 있는 색깔에
   마음을 물들이는 여행을 떠나시라

6. 기념일을 기억하시라
   배우자의 생일에는 배우자의
   부모님을 초대하여 감사하고,
   결혼 기념일에는
   단둘이 오붓한 추억을 만드시고...

7. 상대를 애인처럼 여기시라
   배우자는 평생 애인이고,
   애정은 나눌수록 커진다는데...
   신바람 나고
   생기 넘치는 사랑을 만드시라...

8. 휴식에 인색하지 마시라
   대가를 받는 일은 피곤한 노동이고,
   자의로 하는 일은 즐거운 휴식이라...
   둘이 마음을
   모아서 여가선용에 투자해 보시라...

9. 행복을 창조하시라
   부부의 행복은 우연히 오는 것이 아니시라...

서로 손을 잡고 동심으로 돌아가서,
행복 만들기 소꿉장난을 시작하시라...

10. 고생도 즐기시라
계획은 환상적인 꿈이지만,
실행에는 고행이 따르고...
고생도 즐길 줄 알아야 금메달 부부라네요!

부부생활의 십계명

1. 아내(남편)를 관리하려 들지 말자.
   아내(남편)은 나의 소유물이 아니고
   대등한 인격자이고 아내는 재산이 아니라
   그대의 영원한 파트너이다.

2. 그대들 사이에 "STOP(일단정지)"사인을 놓지 말자.
   흐르지 않는 사랑은 썩게 되니까.

3. 기다리지 말자. 가정은 정거장이 아니다.
   남자다움은 능동성이다.
   기다리지 말고 그대가 먼저 다가가라.

4. 아내(남편)를 생과부(홀아비)로 만들지 말자.
   그대는 살아있는 남편(아내) 역활을 수행할
   부부 공동의 책임이 있음을 명심하여라.
   그대는 아직 살아있는 부부이기 때문이다.

5. 아내(남편)를 남과 비교하지 말자.
   더구나 남의 아내(남편)와 비교해선 안 된다.
   부부의 사랑은 비교하는 것에서 끝이 난다.

6. 찌푸리고 집에 들어가지 말자. 가정은 병원이 아니다.
   되도록 많이 아내에게 이야기 하자.

7. 아내 앞에서 으스대지 말자.
   무슨 자랑을 해 봤다 말짱 꽝이다.
   그녀는 그대의 머리칼 비듬에서 발가락 무좀까지
   그대를 속속들이 아는 면에서는 귀신이다.

8. 아내(남편)를 돈주머니로 여기지 말자.
   가정은 주식회사가 아니다.
   부엌일이든 가게 일이든 아내(남편)에게
   돈벌이를 시키고 있다"는 생각은 잠시도 갖지 말자.

9. 아내(남편)에게 훈장 노릇하지 말자.
   가정은 상대의 부족한 점을 서로가 채워주는 곳이지
   상대의 부족한 것을 가르쳐서 사람만드는 곳이 아니다.

10. 부부간에 비밀을 두지 말자.
    부부의 가장 필요한 덕목은 신뢰이다.
    신뢰가 깨진 부부는 이미 부부라 할 수 없다.
    아내(남편)에게 감추고 있는 것이 전혀 없다면
    그대의 사랑은 훌륭하다

부유한 사람들의 몸에 밴 10가지 습관

01. 무엇이든 메모한다.

스티브 잡스(Steve Jobs)는 매일 아이디어를 메모했고, 그 것은 종종 애플의 혁신적인 제품의 플랫폼으로 탄생했다.

02. 일의 경중을 따진다.

겉으로 중요해 보이는 업무가 사실은 가볍게 넘겨도 되는 일일 수도 있고, 손실 업무에 소요되는 시간을 최소화할 수 있기 때문이다.

03. 매일 운동한다.

운동을 하지 않는 일반적인 이유 중 하나로 시간이 없다 는 핑계를 대지만, 부유한 사람들은 없는 시간을 쪼개서 라도 운동한다.

04. 작은 지출을 우습게 여기지 않는다.

티끌 모아 태산이라는 말이 있듯, 작은 지출이 모여 큰 손 실이 될 수 있다. 부유한 사람들은 재산을 구축하는 동안

사치와 필수적인 지출을 식별하는 능력을 키워 검소함이 몸에 배어 있다.

05. 하루를 빨리 시작한다.

부유한 사람 중 대부분은 아침형 인간이다. 하루 중 아침을 생산성이 가장 높은 때라고 생각하기 때문이다. 충분한 숙면을 취하되 일찍 일어나 경기 전 워밍업처럼 본격적인 업무를 시작하기 전에 명상을 하거나 독서를 하며 마음을 다스리는 것이다.

06. 책을 항상 곁에 둔다.

부유한 사람들 사이에는 실제로 독서광이 많다. 그들이 독서 습관을 중요시하는 이유는 폭넓은 간접 경험과 정보를 축적할 수 있기 때문이다. 늘 손이 닿는 곳에 책을 두거나 자녀들 교육법으로 책 읽는 모습을 많이 보여주는 것도 독서의 중요성을 알고 있기 때문이다.

07. 주변인에게 소홀히 하지 않는다.

부유한 사람들은 진심을 담아 주변인에게 감사함을 표현할 줄 안다. 이들은 사람들과의 유대를 중요시하고 다른 사람과 오래 지속되는 관계를 형성하기 위해 노력한다.

08. 매일 새로운 것을 배우려고 노력한다.

부유한 사람들은 매일 새로운 것을 배우거나 이해하려는 태도를 가진다고 한다. 뿐만 아니라 이들은 새로운 사람과의 만남을 즐길 줄 안다. 다른 사람들에게서 배울 점을 취하면 더 나은 사람으로 발전할 수 있기 때문이다.

09. 긍정적 사고력을 유지하려 애쓴다.

부유한 사람들은 마인드 컨트롤(mind control)에뛰어난 모습을 보인다. 그들은 비판적이지 않으며,긍정적인 측면을 찾으려고 노력한다.

10. 플러그를 뽑는다.

부유한 사람들은 하루 TV 시청시간이 한 시간 미만이라고 한다. 시간을 더 효율적으로 사용하기 위해 단순한 재미를 포기할 줄 아는 의지를 갖고 있는 것이다.

성공하는 18가지 말의 법칙

1. 호수에 돌을 던지면 파문이 일듯 말의 파장이 운명을 결정짓는다.
2. 아침에 첫 마디는 중요하다. 밝고 신나는 말로 하루를 열어라.
3. 말은 에너지다. 좋은 에너지를 충전시켜라.
4. 말에는 각인효과가 있다. 같은 말을 반복하면 그대로 된다.
5. 밝은 음색音色을 만들어라. 소리 색깔이 변하면 운세도 변한다.
6. 정성을 심어 말하라. 정성스런 말은 소망 성취의 밑바탕이다.
7. 투명스러운 말투는 들어온 복도 깨뜨린다. 발성 연습을 게을리 말라.
8. 불평불만만 쏟으면 안되는 일만 연속된다. 투덜대는 버릇은 악성 바이러스 이다.
9. 열심히 경청하면 마음의 소리까지 들린다. 상대 말에 집중하라.
10. 시비에 끼어들지 말고 자기 길로 가라. 두고두고 후회한다.
11. 말에는 견인력이 있다. 없는 말 퍼뜨리면 재앙이 따른다.

12. 부정적인 언어는 불운을 초래한다. 긍정적인 언어로 복을 지어라.

13. 때로는 침묵하라. 침묵은 최상의 언어 이다.

14. 눈으로 말하라. 눈은 입보다 더 많은 말을 한다.

15. "사랑합니다. 감사합니다. 덕분입니다. 좋은날 입니다." 를 항상 사용하라.

16. 대화에도 질서가 있다. 끼어들기, 가로채기는 예의가 아니다.

17. 잘못하면 용서를 빌고, 용서를 빌면 용서하라. 그래야 사랑과 평화가 깃든다.

18. 좋은 책은 소리 내서 읽고 또 읽어라. 놀라운 변화가 나타난다

성공하는 사람들의 7가지 습관

- 습관1 : 자신의 삶을 주도하라
  인생의 코스를 스스로 선택하라. 성공하는 사람들은 자신이 할 수 없는 일에 집착하거나 외부의 힘에 반응하는 대신, 할 수 있는 일에 집중하며 자신의 선택과 결과에 책임을 진다.

- 습관2 : 끝을 생각하며 시작하라
  자신이 어디로 향하고 있는지 알기 위해서는 전반적인 인생목표를 포함해 최종목표를 정해야 한다.

- 습관3 : 소중한 것을 먼저하라
  긴급함이 아니라 중요성을 기반으로 업무 우선순위를 정하고 습관 2에서 정한 목표성취를 돕는 계획을 세워라. 우선순위에 따라 업무를 수행하라.

- 습관4 : 윈 – 윈을 생각하라
  쌍방에 도움이 되는 해결책을 추구하라.

- 습관5 : 먼저 이해하고 다음에 이해시켜라
  상호존중하는 환경을 조성하고 문제를 효과적으로 해결하기 위해서는 타인의 말을 경청하고 열린 자세를 가져야 한다. 이로써 상대도 같은 태도를 보이도록 유도할 수 있다.

- 습관6 : 시너지를 내라
  혼자서 달성할 수 없는 목표를 이루기 위해 팀을 활용하라. 팀원들의 최대성과를 이끌어내기 위해 유의미한 공헌과 최종목표를 장려하라.

- 습관7 : 끊임없이 쇄신하라
  장기적으로 성공하기 위해서는 기도나 명상, 운동과 봉사활동, 고무적인 독서를 통해 몸과 마음, 영혼을 건강하게 유지하고 쇄신해야 한다.

시간 지나면 꼭 후회되는 33가지

1. 기회가 왔을때 여행하지 않은 것.
2. 외국어를 배우지 않았던 것.
3. 악연을 남겨 두는 것.
4. 선크림을 바르지 않았던 것.
5. 어떤일을 무서워한 것.
6. 운동을 열심히 하지 않았던 것.
7. 남성, 여성 역활에 갇혀서 산 것.
8. 끔찍하게 싫은 직업을 그만두지 않은 것.
9. 학교에서 더 열심히 공부하지 않은 것.
10. 당신이 얼마나 아름다웠는지 모르는 것.
11. 사랑한다고 말하지 못한 것.
12. 부모님의 충고를 듣지 않은 것.
13. 젊은시절 자신에게만 몰두해 있었던 것.
14. 다른 사람이 어떻게 생각하는지 지나치게 신경쓴 것.
15. 자신보다 다른 사람의 꿈을 더 우선시한 것.
16. 더 많이 움직이지 못한 것.
17. 원한을 품고 사는것, 특히 당신이 사랑하는 사람들과 함께.
18. 당신 자신을 옹호하지 않은 것.
19. 치아를 무시한 것.

20. 할머니, 할아버지가 돌아가시기 전에 질문을 하지 않았던 것.

21. 너무 열심히 일한 것.

22. 멋진 요리 하나를 배우지 않은 것.

23. 감사한 순간을 위해 잠깐 멈추지 않았던 것.

24. 시작한것을 끝마치지 못한 것.

25. 사회적 기대에 맞추어 당신을 가둔 것.

26. 아이들과 충분히 놀아주지 못한 것.

27. 한번도 큰위험에 도전하지 않았던 것(특히 사랑에 있어서)

28. 사람들을 만나거나 관계를 넓힐 시간을 갖지 않았던 것.

29. 너무 많은 걱정을 했던 것.

30. 쓸데없는 드라마에 빠져있었던 것.

31. 사랑하는 사람과 충분한 시간을 보내지 않았던 것.

32. 많은 사람들 앞에서 한번도 공연 해보지 못한 것.

33. 좀 더 빨리 감사해 하지 않았던 것.

양진楊震의 사지四知

"하늘이 알고, 땅이 알고, 자네가 알고, 내가 안다."라는 중국의 고사성어가 있다.

중국 후한後漢 시대의 양진이 형주자사로 부임했을때, 왕밀王密이라는 사람이 밤중에 찾아와 양진이 그동안 자신에게 베풀어준 은혜에 대한 보답으로 금 열 근을 바치겠다고 했다. 이에 청백리 양진은 받을 이유가 없다고 한사코 거절했다.

그러자 왕밀은 "지금은 밤중이고 이 사실은 당신과 나밖에는 아무도 알 사람이 없다"고 하며 받기를 다시 권유했다. 이러자 양진은 왕밀에게 "하늘이 알고, 땅이 알고, 자네가 알고, 내가 안다 〈천지天知 지지地知 자지子知 아지我知〉"라며 이를 끝까지 받지 않았다는 데서 유래한 고사성어가 양진의 사지이다.

또 하나는

미국 역대 대통령 중에서 가장 존경 받는 대통령인 '링컨'의 어록 중에 "한 사람을 영원히 속일 수는 있다. 모든 사람을 잠깐 속일 수도 있다. 그러나 모든 사람을 영원히 속일 수는 없다"는 말이 있다.

모두 세상에 비밀이 없다는 것을 잘 보여주는 말로써 많은 유혹이 넘치는 현대인은 물론, 특히 청렴결백해야 할 공직자라면 누구나 가슴속에 항상 담아둬야 할 고귀한 사례가 아닐까 싶다.

지금 실천해 보시죠

상대 배려는 돈 안 들이고도,
힘 안들이고도,
지금 할 수 있습니다.

사는 게 복잡한 것만 같기도 한데
때론 아주 쉬운 인생 법칙도 있군요.

지금! 실천해 보시지요?

[기쁨을 주는 당신은 언제나 성공자]